T0246006

El hijo predilecto

El hijo predilecto

YUKO TSUSHIMA

Traducción del japonés a cargo de
Tana Ōshima

IMPEDIMENTA

Título original: 寵児 *(Choji)*

Primera edición en Impedimenta: septiembre de 2023

Copyright © Yuko Tsushima, 1978
Derechos de traducción al español acordados con los herederos de Yuko Tsushima
a través de Japan UNI Agency, Inc., Tokio
Copyright de la traducción © Tana Ōshima, 2023
Copyright de la presente edición © Editorial Impedimenta, 2023
Juan Álvarez Mendizábal, 27. 28008 Madrid

http://www.impedimenta.es

ISBN: 978-84-19581-14-3
Depósito Legal: M-19866-2023
IBIC: FA

Impresión: Kadmos
P. I. El Tormes. Río Ubierna 12-14. 37003 Salamanca

Impreso en España

Impreso en papel 100% procedente de bosques gestionados de acuerdo con criterios
de sostenibilidad.

Siente, silencioso amigo de plurales lejanías,
cómo tu aliento acrecienta aún el espacio.

Sonetos a Orfeo, Rilke[1]

---

1.   *Sonetos a Orfeo,* editorial Lumen, 1983. En traducción de Carlos Barral. *(Todas las notas son de la traductora.)*

I

En el albor de los tiempos, el cielo de la Tierra no estaba
«homogeneizado» como ahora. Más bien era una serie
de planchas de cristal de distintas formas y tamaños, grandes
y pequeñas, que flotaban unas junto a otras. Algunas zonas
eran densas y opacas, otras estaban tan diluidas que parecían
vacías. Algunas eran gélidas, otras abrasaban. Así, resultaba
prácticamente imposible apreciar la verdadera forma de las
cosas desde la superficie del planeta. Según el ángulo desde
el que se mirara, lo que en realidad era un círculo parecía
ovalado, o rectangular, o incluso cilíndrico y alargado, como
una hierba marina que se mece despacio, sin sostén. Pero a lo
largo de millones y millones de años el aire se fue «homoge-
neizando» poco a poco, y con ello desapareció la distorsión en
la refracción de la luz, y por fin aparecieron sobre la faz de la
Tierra los primeros seres vivos con dos ojos…

En su sueño, Kōko intentaba convencerse a sí misma de
la veracidad de su explicación pseudocientífica mientras observaba detenidamente el cuerno glacial que se alzaba sobre

su cabeza. El pico era tan puntiagudo y transparente que parecía una estalagmita. Sus contornos resplandecían, deslumbrantes, contra un cielo azul. Desde el principio del sueño Kōko comprendió que aquella imagen era similar al reflejo de un espejo y que por eso deslumbraba tanto, y comprendió también que por mucho que una persona encontrara consuelo en la belleza de ese paisaje, el aire en aquel cielo primigenio era irrespirable. Pero Kōko no estaba sufriendo de verdad. Solo sentía un poco de frío y de angustia.

El sueño consistía únicamente en contemplar el monte de hielo. No había nada ni antes ni después de ese acto contemplativo. La montaña aparecía cada vez que Kōko cerraba los ojos y desaparecía cuando los volvía a abrir. Era un sueño cruel que no permitía que los sentimientos circularan a su antojo.

Dos hechos irrevocables ataban el cuerpo de Kōko como una cadena: que el aire que respiraba era el de una atmósfera primitiva y que el nombre del cuerno glacial era «Monte Fuji». Aunque su aspecto no tenía nada que ver con el del verdadero Fuji, Kōko no dejó de creer ni por un momento que se trataba de la misma montaña; si parecía tan diferente era por el aire, por esa atmósfera de hace miles de millones de años que distorsionaba las formas. Probablemente aquel era el único nombre que su mente había sabido darle a una montaña transparente que existía desde tiempos inmemoriales. «Qué bonito es el Monte Fuji», se admiraba sin poder mover el cuerpo, sin querer moverlo siquiera. Sus oídos se habían vuelto inútiles con el silencio. Aquella quietud clara, que ningún otro ser humano había experimentado jamás, le llegaba ahora en forma de frío.

Era sábado por la mañana. Era el día en que su hija Kayako se quedaba a dormir en su casa. Todavía aferrada al breve sueño que acababa de tener, Kōko se vistió rápidamente y se puso en marcha.

Cuando abrió la pesada puerta de metal de su casa, vio el cartón de leche que habían dejado fuera. En el envase se leía la palabra *homogenize*² en inglés. Aunque en ningún momento le pareció que su sueño hubiera sido una pesadilla, sí se había despertado con una ligera sensación de angustia. Y a medida que esa angustia se fue disipando con el aire frío de la mañana, se sintió un poco vacía.

Los sábados por la tarde tenía que soportar a varios niños de primaria que iban a aprender piano después del colegio. Los escuchaba tocar uno por uno, en grupos de cinco y en turnos de una hora, cada uno en una de las cinco salas que había en la escuela. Kōko pasaba inspección de un cuarto a otro y corregía los ejercicios de Hanon, Bach y Burgmüller entre una cacofonía de sonidos. Baja la muñeca. Relaja la mano izquierda. Toca más despacio. Llegaba un momento en el que ya no podía distinguir una melodía de otra y entonces, irritada, obligaba a sus alumnos a levantarse del taburete para sentarse ella a tocar la partitura de la forma correcta, o los despedía antes de tiempo para que practicaran en casa y volvieran la semana siguiente con el ejercicio mejor preparado. Los niños se iban encantados. A ninguno de ellos le gustaba de verdad el piano, y los pocos que empezaron con interés lo acabaron perdiendo a las pocas sesiones. «Estas clases son un desastre», pensaba Kōko, pero también sabía que era precisamente esa escasa exigencia lo que permitía que alguien como ella pudiera pasar por profesora de piano. Entonces, sobrecogida por la vergüenza, apartaba la mirada de sus alumnos. Tampoco es que les estuviera haciendo un

2. «Homogeneizar».

daño irreparable… Aun así, no podía evitar la insatisfacción que iba acumulando día tras día. ¿Será posible que ese niño bostece con tanto descaro? Y esa niña… ¡Pero si tiene los dedos rígidos como palos! Seguramente juegue al voleibol en el colegio…

Ese día solo permitió a una alumna avanzar con una nueva partitura. Le asignó una de las *Canciones sin palabras* de Mendelssohn; quería darle un respiro.

«No es un trabajo de verdad. Es más bien un trabajillo», le había dicho un día la hermana mayor de Kōko a Kayako. «No sé cómo piensa alimentaros a las dos con ese sueldo. Al final, si algún día le pasa algo, acudirá a mí. Claro, porque yo siempre estoy ahí para ayudarla. Pero no te preocupes: si ese día llega, yo no os voy a dejar tiradas, os acogeré en mi casa sin problemas. Y lo haré encantada; al fin y al cabo, ella es mi única hermana. Desde luego…, con treinta y siete años tiene menos sentido común que tú, Kaya.»

Kayako informó a Kōko de todo lo que le había dicho su tía.

—Perdona, pero todavía tengo treinta y seis —respondió Kōko burlona—. Además, no sé de qué habla. Me gano la vida perfectamente. ¡Se preocupa demasiado!

Sin embargo, no cabía duda de que su trabajo no era del todo honesto. Hacía mucho que había dejado de estudiar piano y, aunque tenía uno, no recordaba cuándo había sido la última vez que lo había abierto para practicar. Su hermana siempre había sido la que mejor tocaba. Era, pues, comprensible que se preocupara, pero Kōko no estaba dispuesta a soltar lo único que había sido capaz de conservar en su edad adulta.

Dos años antes, cuando murió su madre, se había comprado con el dinero de la herencia el piso en el que vivía ahora.

Lo había consultado con su cuñado, que era abogado. Para ella eso era más que suficiente, pero como la propiedad costaba menos de lo que le correspondía por herencia, su hermana se sintió culpable y desde entonces trataba de compensar esa diferencia regalándole cosas a Kayako. Que si ropa, que si colecciones de cuentos infantiles, que si un microscopio... También le enseñaba piano junto a su propia hija y la llevaba a conciertos.

Quizá Kayako se había aficionado al agasajo; la cuestión es que en Año Nuevo se instaló en casa de su tía y empezó a ir al colegio desde ahí. Como excusa, le dijo a Kōko que quería concentrarse en estudiar para el examen de ingreso al instituto, que era en febrero. «En casa de la tía los niños no tenemos que hacer todas esas cosas que tú me mandas hacer. La tía se compadeció mucho de mí cuando le conté que tenía que recoger la cena, lavar mi ropa y plancharla, y hasta coserme los botones. Qué vergüenza.»

Kayako llevaba un tiempo advirtiéndole a su madre que el instituto al que quería ir no era público, pero nunca se había atrevido a decirle cuál era. Se quedaba callada cada vez que Kōko se lo preguntaba. Por fin un día se lo soltó, no sin añadir, a trompicones, que su tía pagaría la matrícula. «Dice que de todas formas ese dinero es tuyo, que no te preocupes.»

El instituto al que quería ir Kayako era uno católico privado, el mismo al que iba su prima. Kōko no se opuso. No habría podido aunque hubiera querido. Kayako la había apartado de su vida y Kōko no podía hacer nada al respecto más que arrepentirse de sus errores. No debía haberles cedido a su hermana y a su cuñado una parte de la herencia. Lo había hecho porque resultaba muy complicado dividir el terreno en el que vivía su hermana y, además, después de encargarle el tedioso papeleo a su cuñado, le pareció que lo más lógico sería renunciar a esa parcela. Claro que Kayako todavía era pequeña para entender esas cosas.

La niña empezó a dormir en casa de su madre únicamente los sábados. Iba lo justo para pasar la noche e irse el domingo por la mañana temprano con alguna excusa: porque tenía que estudiar o porque había quedado con alguna amiga. «Siempre me pasa lo mismo», pensaba Kōko. Siempre le tocaba enfrentarse a la imagen de espaldas de alguien querido que se iba sin que ella pudiera impedirlo, como un triste y constante recordatorio de su debilidad. ¡Con las ganas que tenía de pasar al menos una mañana de domingo con su hija! Pero no podía pedírselo sin resultar pesada y exigente, y no quería ahuyentarla aún más. Más valía una noche que ninguna. Y así, la despedía con resignación. Le había ocurrido igual con Hatanaka, el padre de Kayako, y también con Doi. Pero había preferido pensar que con Kayako sería diferente. Sí, con ella tenía que ser diferente.

—Vienes solo porque tu tía te ha dicho que tienes que verme al menos una vez a la semana, ¿verdad, Kayako? —le preguntó Kōko de sopetón el segundo sábado que su hija fue a visitarla.

Kayako asintió sin remilgos.

—¡Pues claro! Dice que no debo perderte de vista, que eres capaz de cualquier tontería.

Soplaba un viento fuerte y la ciudad estaba envuelta en una polvareda. Pero el cielo estaba raso, con la misma claridad que aquella atmósfera arcaica del sueño.

Kōko corrió a hacer la compra por la zona comercial contigua a la estación de tren y regresó a su casa con las mismas prisas con las que había salido. Por suerte, Kayako no había llegado todavía. No tenía tiempo que perder. Sin cambiarse de ropa siquiera se dispuso a preparar la cena, y en ese momento se dio cuenta de que no había comido nada desde el udon que engulló de mala manera a mediodía. Ahora tenía tanta hambre que le dolía el estómago. Últimamente su apetito no había hecho más que aumentar y lo mismo podía decir de sus caderas. Sin duda había engordado unos tres o cuatro kilos, aunque no tenía una báscula en casa para comprobarlo. Pero, pese al apetito, se encontraba mal; hasta se preguntó si estaría enferma. Cuando el malestar se convirtió en una especie de quemazón en el pecho, decidió tomarse la temperatura y descubrió que, efectivamente, tenía un poco de fiebre. En realidad, no le sorprendía en absoluto. Le había pasado igual cuando estuvo embarazada de Kayako. También aquella vez había tenido un apetito voraz y muy mal cuerpo, con febrícula y una tos constante. Y también aquella vez su peso había aumentado cuatro o cinco kilos en apenas dos meses. Fue al comentarle estos síntomas a Hatanaka cuando le había sobrevenido la primera sospecha. Aunque la corazonada la tuvo desde el principio.

Ahora tenía motivos para pensar que le estaba ocurriendo algo similar. Contó los días en su cabeza mientras troceaba las verduras: la última vez que vio a Osada fue a mediados de diciembre. Las fechas coincidían con demasiada exactitud. Pero todavía no era seguro, se dijo a sí misma, y siguió cocinando, intentando no pensar en el asunto, resistiéndose a admitir el cambio que empezaba a notar en su vientre. Después de muchas dudas decidió preparar un *torinabe*.[3] Le pareció el plato más adecuado para charlar con Kayako mientras cenaban.

Terminados los preparativos del guiso, Kōko pasó la aspiradora por el cuarto de Kayako, que apenas medía cuatro tatamis

3. Cazuela en la que se van echando pollo, verduras y setas sobre la marcha, en la mesa de comer.

y medio.[4] El otro dormitorio, el suyo, era de seis tatamis,[5] pero entre el piano, el armario y el tocador parecía el más pequeño de todos. En todo caso ahora podía pasar los domingos en la habitación de su hija, que además era el único lugar del apartamento, aparte del salón-cocina, donde daba el sol. En el dormitorio de Kōko ni siquiera había ventanas. En cambio, el cuarto pequeño hasta tenía cortinas; unas de tela barata de algodón que se había hecho Kayako el verano anterior con la máquina de coser de su tía. Por culpa de esas cortinas con estampado de cuadros rojos, ese cuarto se había convertido en un lugar incómodo para Kōko. Ahí estaban todavía algunas de las flores que Kayako compraba para decorar su escritorio y que nunca estaba dispuesta a compartir cuando su madre le preguntaba si las podía poner en la mesa de comer. Ahí seguían las fotos de gatos y de flores de alta montaña colgadas en la pared. Todo seguía ahí menos su mochila, sus libros y cuadernos, su ropa, su calor, su aliento, su olor. Todo eso había desaparecido.

A Kōko le habría encantado poder regañar a Kayako como cuando, con tres o cuatro años, le quitaba el plato de comida o la echaba de casa sin zapatos. Esos castigos lograban con asombrosa eficacia que aquella niña delgaducha, que por lo general se negaba a comer nada que no fuera fruta o arroz, se metiera trozos de carne y huevo en la boca mientras lloraba a lágrima viva.

Eran casi las siete de la tarde cuando sonó la puerta. Kōko se quedó deliberadamente quieta y decidió no abrir. Sonó el timbre por segunda vez, y entonces oyó el ruido de unas llaves que giraban en la cerradura.

4.   Equivalente a unos 7,5 metros cuadrados.

5.   Unos 10 metros cuadrados.

De pronto Kōko quiso tantear a su hija. Kayako se había terminado casi todo el pollo e iba por el segundo bol de arroz.

—¿Te acuerdas de cuando fuimos a Karuizawa en invierno? Tendrías cinco años.

Kayako masticó pensativa.

—¿Un sitio que estaba muy nevado?

—Sí, sí, ese. Donde nos tiramos bolas de nieve.

—Me acuerdo más o menos. ¡Cómo dolía aquella nieve!

—Sí, te pusiste a llorar porque te dolían las manos de tanto jugar con ella.

—¿Por qué no llevaba guantes?

—Se me olvidaron los tuyos, pero te di los míos. Y entonces te pusiste muy contenta porque tenías las manos calentitas.

—¿Ah, sí?

—¡Pues claro! Protestaste porque yo tenía guantes y tú no, así que te los puse. Eras muy protestona de pequeña, ¿sabes?

—Pero yo… ¡Ah! Me acuerdo también de que me tiré por un tobogán.

—Veo que recuerdas bastantes cosas… Sí, en vez de jugar con la nieve, con toda la que había, montaste un número porque querías tirarte por el tobogán. Al final te dejé; total, eras tú la que iba a pasar frío. Eso sí, solo te tiraste una vez, porque la plancha estaba llena de nieve y te cayó mucha encima y te asustaste. Además, se te mojó el culete.

—Sí, sí, me acuerdo de eso. —Kayako cogió un trocito de pollo de la cazuela—. Cambiando de tema, el examen es ya la semana que viene. Viernes y sábado de la semana que viene.

—Anda. Pues mucha suerte.

—No, no entiendes. Tienes que venir conmigo al examen. Una parte de la prueba es una entrevista, y los padres tienen que estar presentes. Tienes que acompañarme, te lo pido por favor.

—¡Hay que ver cómo eres! Me tenías que haber avisado con tiempo.

Kōko se sirvió otro vaso de cerveza y bebió.

—Pero, mamá… —dijo Kayako ruborizada.

Kōko no quiso contener más la ira que tenía acumulada.

—Estas cosas me las tienes que decir antes. No es tan fácil organizarse. Pero bueno, qué le vamos a hacer. Por esta vez, iré contigo. Encima el colegio ese estará lleno de niñas ricas, ¿no? ¡Qué pereza!

—No, no es como te imaginas. Bueno, entonces vendrás, ¿no?

—Ya te he dicho que sí, qué remedio.

Kayako asintió y masticó un trozo de comida en silencio. Tenía la espalda encorvada, quizá debido al estirón que había dado recientemente. Llevaba el pelo recogido en dos coletas, típico de una colegiala, con las puntas ligeramente onduladas. Si ver crecer a una hija consistía en eso, pensó Kōko con rabia, preferiría que no hubiera crecido. De bebé, bastaba con que Kayako viera la cara de su madre para que se sonriera con su pequeña boca sin dientes. ¡Por qué no habría absorbido con avaricia aquella sonrisa hasta dejarla grabada en su cuerpo! Ahora le pesaba. Si iba a criar a otro hijo, esta vez debía darle todo el cariño que pudiera para no cargar con el arrepentimiento el resto de su vida.

Con Kayako, abrirse la camisa para darle el pecho ya le había supuesto un esfuerzo desagradable. Cuando se pasaba toda la noche llorando en su cuna, Kōko no solo no la mecía en sus brazos, sino que ni siquiera se molestaba en levantarse para ir a ver qué le ocurría. «Hay que disciplinarla», le decía a Hatanaka, pero la verdad era que no quería hacer ningún esfuerzo porque se quería más a sí misma que a su hija. Él la reprendía, la acusaba de vaga. «Como madre es tu deber dedicarle toda tu energía», decía. Pero ella, despechada, fingía desinterés cuando veía que el bebé se calmaba en sus brazos. Tampoco es que Hatanaka tuviera la cabeza en su sitio. Seguía demasiado apegado a la vida juvenil. Los dos habían sido padres prematuros, y no fue hasta que cada uno se fue a vivir por su cuenta, él solo y Kōko con Kayako, cuando empezó a germinar un sentido de la paternidad y la maternidad en ellos.

A Karuizawa habían ido de vacaciones dos primaveras después de la separación. Era el primer viaje que hacía Kayako desde que perdió a su padre. Tal vez fuera por la influencia de lo que había soñado esa mañana, pero Kōko sintió que aquella nieve de Karuizawa se reflejaba ahora en la espalda de Kayako y la cegaba.

—Gracias por la cena, estaba muy rica.

Kayako se levantó de la mesa y se puso a recoger los platos. Cuando convivían las dos en el piso, cada una tenía sus obligaciones. Kōko cocinaba y Kayako recogía. Kayako fregaba los platos y Kōko se lavaba su ropa. Pero desde que Kayako se había ido a vivir con su tía no había casi nada que hacer en la casa (apenas tenía ropa que lavar), así que lo que hacía era cambiar el agua de la bañera o limpiar la cocina por encima. Esta vez, sin embargo, Kōko no hizo ademán de levantarse. Se quedó sentada en la mesa bebiendo cerveza y picando trocitos de lechuga china y tofu, ya medio deshechos por el calor de la olla, mientras observaba la espalda larguirucha de su hija.

Recordó que aquella vez habían acabado yendo a Karuizawa simplemente por ir a alguna parte. No se esperaba que hubiera tanta nieve. ¿No había querido ir en realidad más al sur, a la península de Izu o de Bōsō? ¿Por qué se habían decidido por Karuizawa? Era improbable que se lo hubiera sugerido Doi; no era el tipo de hombre que se sintiera atraído por la nieve o el hielo. Seguramente Kōko había ido buscando un lugar que tuviera calefacción y opciones de comida occidental para Kayako, y había dado con aquel hotel en un campo de golf de Karuizawa.

Aquel día Kōko se subió al tren, de la mano de su hija, momentos antes de que saliera de la estación.

—Anda, te la has traído —susurró Doi, que se había levantado del asiento para esperar a Kōko.

—¿También viene el tío? ¿Por qué? —preguntó Kayako mirando a Doi sorprendida.

—Es mejor tener a alguien que nos ayude con el equipaje, ¿no te parece? ¡Porque pesa mucho! —respondió Kōko entregándole un bolso grande a Doi.

—Es verdad, el tío es muy fuerte —dijo Kayako, a nadie en particular, vigilando dónde colocaban el bolso grande de su madre en el que estaban sus cuentos, sus peluches, sus puzles, sus ceras y sus libros para colorear. Había metido todo lo que había podido.

Doi llevaba un mes proponiéndole a Kōko hacer un viaje juntos para cambiar de aires, pero no parecía tener la más mínima intención de incluir a Kayako, y eso, por emocionante que fuera la idea de la escapada, la había descolocado. De todos modos, supuso que Doi no se negaría si ella le expresaba claramente su deseo de llevarse a su hija con ellos. «Qué remedio», diría con su levedad habitual y lo aceptaría, como había hecho hasta entonces cada vez que las acompañaba a algún centro comercial o al zoo. Pero Kōko también sabía que a Doi no le entusiasmaba pasar el rato con

Kayako. Él ya tenía a su propio hijo, más o menos de la misma edad.

Cuando nació Kayako, Doi había ido a visitarla con su hijo y su mujer y le había llevado un juguete de aros de regalo. Su hijo aún gateaba; tendría alrededor de un año. A Kōko le sorprendió el impacto que había tenido la paternidad en él: ahora era capaz de mostrar interés incluso por un bebé que no era suyo. No era así antes de ser padre.

«Esta vez, parece que quiere tenerlo.» Kōko no podía olvidar el tono de decepción con el que Doi había pronunciado aquellas palabras apenas un año antes. No era una cuestión de irresponsabilidad, era otra cosa. «¿Y qué piensa hacer después?», le había preguntado Kōko, preocupada por la suerte de quien era entonces su novia, ahora esposa. Creía conocer bien la situación de ambos y le parecía que aquello no iba a durar mucho. De hecho, cada vez que los veía juntos se preguntaba cuándo se acabarían por separar. «No sé, el caso es que quiere tenerlo. Allá ella, que es la que va a tener que sacrificarse», había dicho Doi entonces, pero lo cierto es que se casó con su novia en cuanto nació el niño, de la misma manera en que Kōko, que se fue a vivir con Hatanaka dos meses después, contrajo matrimonio nada más saber que estaba embarazada.

—Mira, eres un angelito, un angelito —dijo Doi, riéndose con su mujer mientras colocaba sobre la cabeza de su hijo los aros de plástico que acababa de comprar para el bebé de Kōko. Tenía la sonrisa de orgullo que solo puede tener un padre. Fue él, y no la madre, quien cogió a su hijo en brazos antes de despedirse y salir por la puerta.

Con los ojos clavados en Doi y en su hija, Kōko recordó entonces, por primera vez en los cinco años que habían pasado desde ese día, aquella figura paternal que él había sido y que seguramente él mismo había enterrado en el olvido. Cinco años antes Kōko no solo había quedado gratamente sorprendida por el cambio inicial que la paternidad había generado en Doi, sino que había deseado, por su bien y por el de la mujer que más tarde se convirtió en su esposa, que aquel estado pacífico y luminoso les durara para siempre.

Doi hacía cosas por Kayako, como subirse con ella al monorraíl, o llevarle el zumo cuando ella se cansaba de tenerlo en las manos, o acompañarla al baño. Esos pequeños gestos colmaban a la niña de alegría, y verla así de contenta también hacía feliz a Kōko. Sin embargo, esa felicidad extrema la confundía y la avergonzaba hasta tal punto que apenas podía mirar a Doi a los ojos. Irritada ante su propia euforia, decidía que era mejor que su hija no volviera a ver a Doi nunca más. Mientras estaba con él, Kayako jugaba y gritaba feliz como cualquier niño, pero cuando él se iba, se aferraba a la mano de su madre con angustia y no la soltaba. «Mamá, no te vayas a ninguna parte. Vas a quedarte siempre conmigo, ¿a que sí? Si tú te mueres, yo también me muero.» En momentos así, Kōko resolvía no volver a ver a Doi, pero su determinación no duraba ni una semana. En cuanto oía su voz corría hacia él arrastrando a Kayako, movida por el deseo de que su hija disfrutara con él y de que él la mimara con similar apego.

Eso era lo que había ocurrido en Karuizawa. El plan inicial había sido dejar a la niña con su abuela, pero Kōko cambió de idea dos o tres días antes del viaje. Durante los dos primeros años después de separarse, Kōko dejaba a Kayako con su madre a menudo, en la misma casa en la que vivía su hermana con su familia. A la niña le gustaba jugar con sus primos, pero a medida que fue creciendo empezó a querer pasar más tiempo con su madre, y como ya no parecía importarle tener que caminar de un lado a otro, Kōko decidió que cuando no estuviera en la guardería se la llevaría a todas partes. Además, no le hacía gracia que su hija se acostumbrara a una familia en la que ambos padres estaban presentes y cuyos niños jugaban en un jardín enorme con arenero, columpios y barras de metal. Kōko estaba orgullosa del piso diminuto y modesto que podía permitirse con su sueldo, y quería que su hija sintiera el mismo orgullo. La imagen de los primos correteando por aquel jardín se le antojaba demasiado perfecta. Incluso al todavía joven Hatanaka le había fascinado la idea de formar parte de ese panorama, lo que no hizo más que aumentar su sentimiento de derrota. Si Kōko decidió alejarse de su familia fue, en parte, por Hatanaka. Por doloroso que le resultara en aquel momento a su madre, la cercanía del padre sin duda era más importante para su hija que la de la abuela.

Durante el trayecto en tren a Karuizawa, Kayako se mareó con el vaivén del vagón y vomitó antes de quedarse dormida. Cuando Kōko se cambió al asiento de enfrente, junto a Doi, para poder tumbarla, Kayako se puso a llorar desconsoladamente y se aferró a ella. Kōko tuvo que volver a sentarse a su lado, colocar la cabeza de la niña sobre sus rodillas y agarrarle la mano. Doi limpió el vómito con papel de periódico y fue a por una toalla húmeda. Kōko se quedó callada, demasiado avergonzada como para darle las gracias siquiera. Tampoco él habló más de lo necesario. El vagón estaba vacío, sin nadie que pudiera quejarse del aire frío que entraba por la ventana abierta. Kōko vio a través del cristal a un pájaro blanco posándose sobre un arrozal seco.

Llegaron a la estación de Karuizawa ya entrada la tarde. El viento soplaba fuerte y levantaba el polvo helado de la nieve. Quizá porque la habían despertado en pleno sueño, y más asustada por el viento que por el frío, Kayako se puso a llorar de nuevo, todavía medio dormida. No se oía ningún ruido alrededor. Se subieron deprisa a un taxi parado frente a la estación. Las ventanas se empañaron en cuanto el coche arrancó y Kōko se preguntó si había hecho bien en no reservar habitación: había supuesto que no haría falta porque era temporada baja. Fuera, el cielo empezaba a oscurecer.

El hotel estaba vacío. La habitación era doble, con aspecto de cabaña de montaña y unas cortinas de color marrón claro. Kōko se tumbó con Kayako en la cama a descansar. Doi dijo que quería explorar el hotel y salió de la habitación. Así era él; siempre que iba a un lugar nuevo tenía que inspeccionar cada rincón para quedarse tranquilo. Entretanto, Kōko se quedó dormida. La noche anterior no había podido conciliar el sueño hasta la madrugada, nerviosa por llevar a Kayako de viaje a un lugar tan lleno de recuerdos.

La última vez que había estado en Karuizawa había sido con Hatanaka, cuando todavía vivían juntos. Antes, había pasado allí dos semanas con unas amigas cuando todavía era una adolescente. En ambas ocasiones recordaba discusiones de poca importancia, pero sobre todo muchos momentos alegres y muchas risas.

El viaje con Hatanaka tuvo lugar un poco después de que Kōko se fuera a vivir con él. Se alojaron en una pequeña pensión en las afueras de Karuizawa —también aquella vez era temporada baja y estaba todo muy tranquilo— y Hatanaka no cesó de protestar por el aspecto miserable del alojamiento, cosa que irritó a Kōko sobremanera. Lo importante era el viaje y quería aceptar las cosas con alegría tal y como le llegaran. Afortunadamente, el ánimo de los dos mejoró después de que Hatanaka entablara conversación con una estudiante que viajaba sola y se hospedaba en la misma pensión, y que aceptó ir a jugar a las cartas por la noche con ellos. Al día siguiente hicieron las mismas rutas y Kōko le pidió a la joven que le sacara una foto abrazada a la espalda de Hatanaka.

Cuando había gente delante, a Hatanaka le gustaba demostrar lo bien que se llevaba con Kōko, y ella misma disfrutaba de esa escenificación infantil. Era un hombre apuesto, con cierta semejanza a un actor que estaba de moda en aquella época, y atraía tanto a hombres como a mujeres. Tenía tantos admiradores que no le daba importancia al rechazo visceral que a veces provocaba en otros. Quienes eran mayores que él creían que le aguardaba un futuro brillante y lo cuidaban como si fueran miembros de la misma familia; a los que eran más jóvenes les caía bien y jamás ponían en duda su honestidad. A Kōko le gustaba que fuera así y protegía con celo su reputación.

Desde el inicio de su noviazgo tuvieron pocos momentos a solas. A los seis meses de vivir juntos casi todas las amas de casa del edificio se habían aficionado a pasar el rato en su apartamento. A Kōko, que era tímida y no se le daban bien las relaciones sociales, tener la casa siempre llena de gente le pareció algo mágico al principio, pero con el tiempo empezó a agobiarse, y a veces hasta cerraba las persianas en pleno día para fingir que no estaba en el piso. Entre los círculos de Hatanaka no había ni una sola persona con la que Kōko pudiera hablar en confianza. Las pocas amigas que ella tenía lo odiaban, por lo que habían terminado por distanciarse.

Doi despertó a Kōko cuando la cocina del hotel estaba a punto de cerrar. Kayako estaba viendo la tele, masticando unos dulces que había traído para el viaje. Se dirigieron deprisa hacia el comedor. No había ni rastro de gente alrededor: ni en los pasillos, ni en el ascensor, ni en el lobby. Kayako soltó un grito de alegría al pisar la moqueta gruesa que cubría el suelo, y se lanzó a corretear descalza.

El hotel era más grande de lo que habían pensado. Para quien, como ellos, no sabía nada de golf, no era un establecimiento conocido, pero parecía ser de esos lugares que en temporada alta resultaban inasequibles. Ahora, en invierno, era lo suficientemente barato como para que pudieran disfrutar a sus anchas con un presupuesto limitado. Ambos sabían que Doi iba muy justo de dinero, y habían dado saltos de alegría cuando, antes del viaje, Kōko había llamado al hotel desde Tokio para informarse de los precios. Sin embargo, cuando la recepcionista le preguntó si quería hacer una reserva, Kōko había sido incapaz de responder y había colgado. No sabía si reservar para dos o para tres personas. Doi estaba eufórico, rehaciendo las cuentas y reduciendo el presupuesto que iba a necesitar para el viaje.

Kōko recordó ese momento y se rio sola en el restaurante amplio y vacío.

—¿De qué te ríes, mamá? ¿Qué es lo que te ha hecho gracia? —preguntó Kayako.

—¡Es que no hay nadie! Estamos solos, ¿no es increíble?

—No hay ambiente para ponerse a beber… —se rio Doi también. Los camareros esperaban quietos junto a una columna, observando a los tres únicos clientes de la sala.

La cena fue del agrado de todos, pero pronto tuvieron ganas de subir a la habitación. Kōko y Doi compraron cervezas en una máquina expendedora y se las bebieron allí tranquilamente.

—Al final estamos haciendo lo mismo de siempre —dijo Kōko entre risas.

Kayako jugó un buen rato en la ducha, luego se abrazó a su peluche y le pidió a su madre que le leyera un cuento.

—Tú ya sabes leer sola —dijo Doi antes de que Kōko pudiera responder.

Kayako miró enfadada a Doi.

—No, me lo va a leer mamá —dijo, apoyando el mentón en el hombro de su madre.

—¿Pero cuántos años tienes? ¿No eres ya mayorcita para estas cosas?

—Me da igual lo que digas. Total, eres el Lobo Trompeta, ¿a que sí, mamá?

El Lobo Trompeta era un villano tonto en unos dibujos animados que veía Kayako. Por algún motivo siempre llevaba una trompeta colgada del hombro.

—Claro que sí, yo te lo leo. Porque hoy es un día especial, ¿verdad?

Doi se quedó callado con una sonrisa amarga. Kayako le lanzó una última mirada rabiosa antes de sacar un cuento del bolso de viaje de su madre.

Kōko se vio obligada a leer los tres libros infantiles que había llevado Kayako a Karuizawa. Antes de que la niña aprendiera a leer, Kōko le leía varios cuentos todas las noches para que se durmiera. Pero desde hacía un tiempo ya no hacía falta. De pronto se sintió enormemente irritada con Doi y le dirigió una mirada de rabia a sus espaldas mientras seguía leyéndole a Kayako. «Lo estoy mirando con los mismos ojos que mi hija», pensó. Estaba resentida. Doi no era capaz de dirigirle una sola palabra afectuosa a Kayako, como si se tuviera prohibido a sí mismo compartir con la niña los gestos de cariño que tenía reservados para su hijo. Por eso tanto Kayako como Kōko reaccionaban con desmesura ante cualquier reprimenda de Doi. Por muy mal que se portara la niña, y aun sabiendo objetivamente que merecía ser regañada, Kōko la protegía con uñas y dientes en cuanto Doi abría la boca para decir algo, y terminaba acariciándole la cabeza a su hija y culpándolo a él de la situación. Luego se arrepentía:

lo único que conseguía era que Kayako odiara a Doi. Él tenía que ser como un caramelo para su hija, y Kōko no podía soportar que ese caramelo cobrara un gusto amargo.

—Por fin habéis terminado. Qué cansinas…

En cuanto Kayako se quedó dormida, Doi atrajo el cuerpo de Kōko hacia el suyo. Kōko fabricó una sonrisa para él sin poder apartar la vista de la cabecita negra de su hija. Quizá debería haber viajado solo con Kayako. Con lo tranquilas que habrían estado… Ya no le estaba agradecida a Doi; de repente lo veía como un estorbo. Recordó al hombre que había sido hacía solo seis meses, cuando, a diferencia de los otros, no le importaba que Kayako estuviera en el piso y la embelesaba con sus atenciones. ¿Qué había sido de ese Doi? ¿Era posible volver a ese momento?

Kōko se acostó en una de las dos camas de la habitación junto a Doi con la intención de pasarse a la de Kayako en mitad de la noche. Pero al final no se despertó hasta que se hizo de día. Al levantarse vio la nieve resplandecer al otro lado de la ventana. Abrió las cortinas gruesas con ímpetu y dejó escapar un grito como si la luz blanca del exterior hubiese sacudido su cuerpo entero. Doi y Kayako corrieron hacia la ventana.

—¡Nieve!

—No sabía que había nevado tanto por la noche. ¡Ni me he enterado!

—¡Mira qué cielo! —dijo Kōko entornando los ojos, deslumbrada.

—Está totalmente raso.

—¡Qué bien, mamá! ¡Vamos a poder hacer muchos muñecos de nieve!

—¡Sí, todos los que quieras!

—¿Y si hacemos cien? ¡Venga, vamos, Kaya! —dijo Doi.

—¡Todavía no, que no hemos desayunado! ¡Mira, un pájaro!

A unos cincuenta metros de la ventana había un bosque, y sobre la base de uno de los árboles más próximos a la habitación vieron la cola marrón de un pájaro moviéndose hacia arriba y hacia abajo. No había rastros de pisadas humanas en la nieve. Probablemente nadie se acercaba a ese bosque durante el invierno. En aquel mundo profundo y nevado la cola del ave parecía una llamarada roja de fuego. «¡Qué bien hemos hecho en venir!», estuvo a punto de decir Kōko, sobrecogida por la calidez de la luz que la deslumbraba.

—¿Será la hembra de un faisán? Solo sé que no es ni un gorrión ni una paloma.

—Eso lo sabe hasta un niño. Pero sí, puede que sea un faisán. ¿Te imaginas? Un faisán de verdad… —Kōko se rio, inspeccionando la cara de Doi. Reírse fue lo único que pudo hacer, la única forma que encontró de expresar la inmensa alegría que sentía en ese momento, con Kayako a un lado y Doi al otro, ambos deslumbrados por la blancura de la nieve, aspirando aire y expulsándolo con profundidad y pausa.

—Un faisán… —volvió a decir Kōko entre risas.

—Yo también sé lo que es un faisán. Es ese al que le dan un *kibidango,*[6] ¿no, mamá?

—Eso es, el del *kibidango.* Y…

Antes de que Kōko pudiera terminar su frase, el pájaro extendió las alas, echó a volar y desapareció. La nieve endurecida

---

6. Bolas dulces similares al mochi, pero hechas con mijo en lugar de arroz. Es uno de los dulces más antiguos de Japón, famoso por su aparición en el cuento infantil tradicional «Momotarō», en el que el niño protagonista obsequia sus *kibidango* a un faisán, un perro y un mono a cambio de que lo acompañen en su aventura.

sobre las ramas cayó despedazada al suelo y abrió unos agujeros blandos sobre la superficie nevada. Pero no hizo ningún ruido al desplomarse, como tampoco lo hizo el batir de alas del ave. Kōko no atribuyó ese silencio a que la ventana fuera de doble hoja, sino a que la nieve era tan blanca que refractaba y desviaba todos los sonidos.

Volvieron al restaurante a desayunar tostadas y café, y salieron a la calle. El camino asfaltado por el que circulaban los coches se veía cálido y seco: habían apartado la nieve a los lados en montones de unos treinta centímetros de alto. Al doblar la esquina, el paisaje cambió de súbito y Kōko tuvo la sensación de que un pedazo gigante de nieve helada se había precipitado sobre su cabeza. Se detuvo y alzó la vista: era una montaña. No una colina, sino una montaña hecha y derecha que se erguía imponente, con total claridad, frente a ella. La proximidad era tal que no pudo seguir mirando; a través del aire claro le pareció que estaba cada vez más blanca y cada vez más cerca y que en cualquier momento terminaría por aplastarla.

A sus pies se extendía un prado nevado. Era el campo de golf. Pero si era un campo de golf o una pradera a Kōko le era indiferente. Había una hilera de pinos rojos al fondo y, a mano izquierda, una fila de cabañitas. Kōko corrió hacia ellas, en dirección contraria a la montaña. Kayako emitió un grito de alegría que se asemejaba más a un alarido y echó a correr detrás de su madre entre risas.

—¡Esperadme! ¡No creáis que os vais a librar de mí tan fácilmente! —dijo Doi.

Kōko se dio la vuelta y le sacó la lengua. Entusiasmada, Kayako no dudó en hacer lo mismo. El cuerpo delgado de Doi se recortaba contra la montaña blanca como si estuviera apoyado en ella. Se reía a carcajadas, con la boca muy abierta.

Kōko puso su mano sobre la cabeza de Kayako y caminó hacia las cabañas. No había corrido más que unos pocos pasos, pero estaba sin aliento. A los lados del camino asfaltado que atravesaba la nieve ondeaban columnas de vapor. Kayako soltó la mano de su madre y salió corriendo. Aún no se había atrevido a tocar la nieve: aquel mundo blanco y desconocido parecía fascinarla y asustarla a la vez.

Doi se acercó corriendo por detrás, adelantó a Kōko e intentó alcanzar a Kayako. Consciente de ello, la niña soltó una risa metálica que retumbó entre el brillo de la nieve. Kōko detuvo sus pasos y observó cómo los pies de su hija bailaban sobre el camino. Estaba claro que intentaba correr más rápido para escapar de Doi, pero con tanta risa sus pies se habían enredado y no lograba avanzar, lo cual, a su vez, la hacía reír aún más fuerte.

Mientras Kōko contemplaba cómo Kayako terminaba de fregar los platos y se dirigía al baño, se preguntó cómo había ido vestida aquel día en Karuizawa. Tenía claro que se le habían olvidado los guantes de su hija, pero era posible que tampoco llevara las botas adecuadas. No recordaba haberlas metido en su bolso de viaje, repleto de juguetes, pero al mismo tiempo le costaba creer que hubiera pasado tres días correteando por la nieve en zapatillas deportivas. ¿Y ella? ¿Qué se había puesto? Hacía tiempo que había decidido no viajar con zapatos de cuero y la última vez que tuvo botas fue en la universidad. Por lo tanto, tuvo que haber llevado unas deportivas. ¿Habrían ido las dos caminando por la nieve en zapatillas? Doi llevaba zapatos de cuero, los mismos que se ponía en Tokio. De eso estaba segura, porque él le había dicho a su familia que se trataba de un viaje de trabajo, por lo que se había vestido como para ir a la oficina. ¿Cómo era posible que estuvieran tan mal preparados para la nieve y sin embargo tan contentos?

Las manos sí reclamaron una mayor protección. Aquella tarde, cuando Kayako le perdió un poco el miedo a la nieve, empezaron a construir un muñeco entre los tres, pero en un momento dado Doi se apartó de una de las bolas que estaba haciendo rodar por el suelo y se quejó en voz alta: «Ay, ay, ay, ¡qué dolor!». A Kayako le hizo gracia su tono exagerado y se rio, pero enseguida se echó a llorar. «Me duele, mamá, me duele…»

No era su llanto habitual. Kōko intentó calentarle las manos con el aliento, pero se dio cuenta de que a ella también le dolían. Era un dolor intenso que le recorría la columna como si alguien se la estuviera retorciendo. Doi se dio la vuelta y le dio una patada a la bola de nieve que con tanto esfuerzo había hecho. Le llegaba por las rodillas y era dos veces más grande que la de Kōko y Kayako.

Cuando Kayako salió del baño, Kōko la detuvo y le preguntó:

—¿Qué zapatos llevabas ese día? ¿Te acuerdas?

—¿Qu… qué? —respondió Kayako tensando el cuerpo. No apartaba los ojos de los botellines de cerveza que había sobre la mesa.

—El día del viaje, ese del que te hablé antes.

—¿El que hicimos a ese sitio que se llama Karuizawa?

—Sí, ese. ¿Sabes si llevabas botas?

Kayako se sentó en la silla, se arregló el jersey remangado y contestó:

—Y yo qué sé, ¿cómo me voy a acordar de eso?

—¿Se te ha olvidado? —Kayako asintió—. Claro, es que han pasado seis años. Ya bastante es que recuerdes el viaje… ¿No quieres beber algo? ¿Qué quieres?

—Té con leche. Pero no te preocupes, ya me lo hago yo. El otro día me enseñaron a hacer uno de verdad. Es complicado, pero merece la pena porque queda riquísimo. ¿Quieres que te sirva una taza a ti también? Ya llevas dos cervezas…

—Vale, en ese caso, acepto tu invitación. ¿Te lo ha enseñado la tía?

—No, la prima.

Kayako se levantó y llenó el hervidor de agua. Kōko recordó todas las veces que su madre le había dicho que no esperaba nada de Kayako, solo que fuera una niña capaz de fregar los platos y lavarse la ropa, y que si cumplía con eso no tenía nada más que decirle con respecto a su educación. «Contigo cometí el grave error de dar prioridad a tus estudios y a tus clases de piano y permitir que no ayudaras nada en casa. Gracias a eso te convertiste en una completa inútil en los temas del hogar. Porque no podemos culpar solo a Hatanaka, ¿verdad?», le había dicho.

Kayako metió las hojas en la tetera con soltura; se notaba que tenía práctica. Kōko lamentó que los dedos de su hija estuvieran tocando un té de tan mala calidad, quizá incluso caducado. Eran unos dedos rosados en los que hasta las uñas parecían blandas. Le resultaban casi irreconocibles a Kōko, en cuya memoria seguían todavía vivos los dedos siempre sucios de su hija de seis o siete años.

—¿Sabes? No se puede utilizar el agua recién hervida, hay que esperar a que se enfríe un poco, y luego con esa agua abres las hojas despacio. Pero tampoco hay que dejar que se abran demasiado.

—Sería mucho más fácil con un saquito de té.

—No tiene comparación, ni el sabor ni el olor.

—Claro, pero por eso se inventaron los saquitos, porque es una pesadez hacer todo esto. Alguien se tomó la molestia de inventarlos para ahorrarnos tiempo y esfuerzo, y es una pena no utilizarlos.

—Calla, que no entiendes —dijo Kayako irritada.

«Esta niña nunca ha tenido sentido del humor. No capta las bromas», pensó Kōko mientras apartaba la vista de las manos de su hija. También durante aquel viaje, en pleno atardecer en la nieve, Kōko le había dicho a Kayako en broma, cambiando de voz: «Te he engañado, me he estado disfrazando de tu mamá todos estos años, pero en realidad soy la Mujer Nieve».[7] Kayako, aterrorizada, chilló con tal estridencia que bien pudo haber causado un alud en una montaña lejana. Al final, para gran decepción de Kōko, la broma solo hizo reír a Doi, que en ese momento estaba a un lado mirándolas. «Es broma, ¿cómo va a ser verdad? ¡La Mujer Nieve no existe!», le dijo a Kayako, pero no pudo evitar sentirse decepcionada por lo insulsa que era. Y porque quería que su hija fuera más fuerte.

—Toma, tu té —le dijo Kayako acercándole la taza.

Kōko dio un primer sorbo y elogió el sabor de la infusión. Kayako sonrió contenta y también se llevó la taza de té a la boca.

—Me gustaría volver.

—¿A dónde? ¿De qué hablas?

—A Karuizawa.

—Ah, sigues con eso —dijo Kayako aburrida, entrecerrando los párpados.

—Supongo que no habrá cambiado mucho. El bosque aquel de pino rojo era precioso. No sabía que el pino rojo podía ser tan bonito en la nieve hasta que lo vi ese día. ¿Te

7. La Mujer Nieve, o Yuki-onna, es un personaje fantástico que protagoniza numerosos cuentos y leyendas japoneses desde la antigüedad. Se trata de un espíritu de la nieve que toma la forma de una mujer joven y bella para seducir y encantar a hombres y mujeres, que mueren congelados por su aliento.

acuerdas de que hicimos una competición para ver quién tiraba más alto las bolas de nieve? Pero tuvimos que dejar de jugar porque no paraba de caer nieve de las ramas de los pinos. Tú no llegabas muy alto, claro, ¡pero yo tampoco! Se me daba fatal. En cambio, él... —Kōko tomó otro sorbo de té fingiendo indiferencia—. ¿Te acuerdas? —volvió a preguntar.

Kayako la miró con la cabeza gacha e infló los mofletes. Era la cara que ponía cuando su madre la regañaba y ella quería contestar pero se aguantaba y callaba. Kōko comprendió la respuesta de su hija y sintió una congoja súbita. Se levantó y encendió el televisor, colocado encima de la nevera. Era un televisor viejo en blanco y negro, de los que tardaban unos minutos en proyectar la imagen.

Kōko había seguido viendo a Doi hasta que Kayako cumplió ocho años. Lo recibía en su casa con frecuencia para que pasara la noche con ella; era imposible que Kayako no lo recordara. Kōko deseaba ahora que su hija no lo hubiera olvidado. Si aún lo guardaba en su memoria, entonces aquellos tres años que Kōko pasó totalmente entregada a él no habrían sido ni vergonzosos ni en balde. Kayako había sido la única persona en su vida que le había seguido todas las corrientes y se había empapado en ellas. Al mismo tiempo, si su hija le confirmaba ahora que sí se acordaba de Doi, a Kōko le aterraba pensar cuál sería la naturaleza de ese recuerdo. ¿Hasta qué punto se daba cuenta de las cosas aquella niña pequeña? La mera pregunta le produjo un escalofrío. ¿Y por qué iba a acordarse, con lo fácil que habría sido olvidarlo, si hasta ella estaba a veces a punto de borrarlo de su memoria? Le entraron ganas de meter la mano en la cabeza de Kayako y ordenar lo que había dentro. Por fin emergieron las primeras imágenes del televisor. Una mujer de unos cincuenta años apareció llorando. Un reportero informaba sobre un incendio en un edificio de dimensiones considerables.

—¿Qué ha pasado? ¿Un incendio? —dijo Kayako con voz agitada.

Kōko ajustó la antena para que la imagen se viera más nítida y se sentó.

—Qué horror… Pero se veía mucho mejor en una tele en color —comentó Kayako.

Las llamas y el humo danzaban entrelazadas sobre las ventanas del edificio rectangular. En el interior se veía la silueta diminuta de una persona. Tenía los dos brazos en alto y estaba haciendo aspavientos, sin duda aterrada por el calor ardiente que la rodeaba.

—¿Dónde será? —preguntó Kōko.

—Ni idea. Uf, parece que ya hay seis muertos.

Pero el telediario había pasado a la siguiente noticia.

—Mamá, ¿a ti qué te da más miedo: un incendio, una inundación o un terremoto? —preguntó Kayako agitada.

—No sé…, solo he vivido terremotos. Pero la verdad es que me aterra pensar en una inundación. No me gusta el agua. Ni siquiera esos lugares en los que la tierra está empapada cuando la pisas y crece el musgo… Incluso esos lugares me asustan.

Con la cabeza aún gacha, Kayako abrió sus ojos alargados y alzó las cejas. Kōko se rio. Tenía muchísima sed, quizá porque se había bebido la cerveza por intervalos. Se acarició el vientre con la mano derecha. Si ese ser llegara a nacer, ¿la miraría con esa misma cara? Kōko fue por primera vez consciente de que una parte de sí misma estaba deseando reencontrarse con su pasado y compartirlo con Kayako, sin preocuparse por la hora ni por el tiempo, y quiso complacer ese deseo interno aunque fuera solo durante unos instantes.

—Aunque no sé por qué me empezó a dar tanto miedo el agua. Me acuerdo perfectamente de la primera vez que me adentré en un bosque en la montaña. Fue antes de entrar en la escuela primaria, así que tendría yo cuatro o cinco años. No recuerdo ni lo que pasó antes ni lo que pasó después, pero no se me ha olvidado lo que sentí en aquel bosque. Era grande y, aunque era verano, hacía fresco y estaba oscuro y la tierra estaba empapada. No había nada de hierba en el suelo, estaba desnudo. Los árboles eran demasiado altos y no alcanzaba a verlos, y solo podía pensar en la tierra que se extendía a mis pies…

—¿Mamá? —preguntó Kayako levantándose de la silla—. ¿Hoy no pones el baño?

—No, hoy no. Entonces…

—¿No te vas a bañar? ¿Y por qué no? Eso es antihigiénico. Cuando conté que solo te bañas una vez cada tres días, y que encima no cambias el agua más que una vez a la semana, todo el mundo se quedó de piedra.

—¿Ah, sí? Pues es como me enseñaron de pequeña.

—¡Qué dices! Si la tía tuvo la misma educación que tú…

—La tía tuvo la misma educación, pero para ella es distinto. Tanto la abuela como yo vivimos solas y no necesitamos bañarnos con tanta frecuencia.

—Qué raro…

—Qué más te da. Si tantas ganas tienes de bañarte, ¿por qué no te lo preparas tú misma?

Kayako abrió la boca y se quedó mirando a Kōko durante unos segundos. Después, colocó la silla en su lugar haciendo un ruido deliberado y se dirigió hacia el cuarto de baño. En ese momento Kōko se acordó de que el agua de la bañera estaba turbia; le había echado un vistazo por la mañana y la había visto sucia. Como era de esperar, no tardó en oír, a través de la puerta de cristal, el ruido de un cepillo rascando la bañera y el sonido del agua drenando por el desagüe.

Terminado el té, Kōko se sirvió un whisky con agua y empezó a beber. El telediario seguía dando las noticias. Se miró el vientre: no sabía si era solo su sensación, pero le pareció que estaba más hinchado. Si realmente había un ser vivo ahí dentro todavía no debía de ser más grande que su dedo meñique. Oyó la voz de Kayako, pero no pudo distinguir lo que decía. Le pidió que lo repitiera: Kayako no respondió. Desde el cuarto de baño llegaba el estruendo del agua con tanta potencia que parecía que iba a inundar el suelo y mojarle los pies en cualquier momento, y Kōko volvió a sentir la angustia de la tierra húmeda que había experimentado en aquel bosque.

A aquel bosque había ido con su madre. Era ahí donde se encontraba la residencia que le habían asignado a su hermano mayor. Su hermana mayor, que tendría por entonces once o doce años, no iba con ellas. Era pleno verano; tal vez estuviera de excursión escolar en la playa o en la montaña. Kōko casi no tenía recuerdos de ella. Así como asociaba la figura de su hermano con la imagen de aquel bosque, a su hermana no la relacionaba con nada. Era siete años mayor que ella y su existencia no habitaba más que los márgenes de su memoria. Pero a su hermano, que solo le sacaba dos años, lo consideraba un compañero con el que había compartido su estrecho habitáculo, un cómplice pese a que apenas habían pasado tiempo juntos. Solían medir y pesar más o menos lo mismo, y quizá por eso su madre los trataba como si fueran mellizos. Su hermano tenía un retraso mental congénito. Murió a los doce años sin apenas saber contar hasta diez. Ahora habían pasado veintiséis años y era su hija la que tenía doce, pero lo que hizo que Kōko se percatara del abismo del paso del tiempo no fue el hecho de que Kayako ya fuera mayor, sino las décadas que habían transcurrido desde la muerte de su hermano.

Aquel día, Kōko y su madre se dirigieron al edificio que había al fondo del bosque. Un muchacho alto y delgado con la cabeza rasurada y azul[8] esperaba de pie frente a la residencia. Kōko supuso, por lo que le había contado su madre, que se trataba del «profe tonto» al que tanto quería su hermano. Los dos tenían una mirada parecida. El niño ya se había graduado de la escuela de educación especial, pero se había quedado para ayudar con algunas tareas menores. Tenía la nariz más grande que el hermano de Kōko, y una expresión malhumorada que se mantuvo imperturbable cuando dirigió la mirada a Kōko. Eso la asustó. «No le gusto, no soy bienvenida en este mundo», pensó atemorizada, a la vez que algo envidiosa de su hermano, al que imaginaba bien integrado en el día a día de la institución.

Se despidieron del «profe tonto» y regresaron al bosque. Los árboles eran enormes y la tierra estaba completamente negra. Kōko no sabía a dónde iban ni entendía por qué se estaban adentrando otra vez en la arboleda hasta que, después de caminar un buen rato, empezaron a oír voces infantiles. Las dos continuaron andando de la mano.

—Cuando veas a los profesores tienes que saludar y presentarte, ¿entendido?

Apenas le dio tiempo a reaccionar. Nada más alzar la vista, Kōko se topó con un maestro que la contemplaba con una sonrisa. Después, los dos adultos se alejaron y la dejaron sola con un cartelito en la espalda que decía «búsqueda del tesoro». Todavía no sabía lo que significaban aquellas palabras.

8. En Japón se dice que las cabezas rasuradas al cero se ven de color azul.

Miró a su alrededor: había niños estirando los brazos para tocar las ramas de los árboles o remover la tierra del suelo. Al principio intentó buscar algo, igual que los demás, pero no sabía muy bien cómo hacerlo en un entorno tan abierto, ni qué era lo que había que encontrar. Muy pronto dejó de tratar de imitar a los otros niños y se puso en cuclillas a la sombra de un árbol. Se acordó de que aún no había visto a su hermano.

Nadie parecía estar pendiente de ella. Empezó a sentir terror ante la idea de cruzar la mirada con alguno de los niños que andaban tan absortos buscando el tesoro a unos cincuenta metros, indiferentes a su presencia. Seguramente su hermano estaba entre ellos. Él se había ido a vivir ahí hacía poco, y aunque su madre lo había visitado varias veces, había ido sola, por lo que era la primera vez que Kōko se encontraba en ese lugar. Y no era precisamente como se lo había imaginado. Durante mucho tiempo había soñado que, cuando fuera a visitarlo, su hermano estaría esperándola en un campo de flores y que, nada más llegar, sus compañeros harían un corro alrededor de ellos dos y se pondrían a cantar canciones y a bailar.

Kōko se quedó mirando la tierra a sus pies. Estaba húmeda. El musgo se extendía aquí y allá formando manchas grisáceas. Observó el bosque a ras del suelo: la tierra continuaba hasta el infinito. Sintió un gran peso en la cabeza y en las piernas, como si su cuerpo se estuviera rompiendo ante aquella masa de tierra mojada. Quería huir, pero no sabía adónde.

Ahora, ya adulta, no sabría decir si había sido en aquel momento cuando empezó a detestar la tierra húmeda. Sin dejar de prestar atención a los ruidos que hacía Kayako en la bañera, Kōko rememoró los distintos tipos de suelos embarrados con los que se había topado de niña. Sí, ahora lo recordaba: también la tierra de los cementerios estaba húmeda. Cada vez que había ido a visitar la tumba de su padre había tenido miedo de resbalarse. El camino estaba lleno de charcos. Su padre había muerto en un accidente poco antes de que su hermano se fuera a la residencia. Llevaba ya tiempo separado de su madre, desde antes de que Kōko naciera, así que ella no lo recordaba. Un día la policía fue a darles el aviso y al poco tiempo su padre regresó a su madre en forma de cadáver. Se lo había contado su hermana. Su padre se había ido a nadar y había sufrido un paro cardiaco al recibir el impacto de la primera ola. Al parecer, la mujer joven que estaba con él tardó en darse cuenta de lo ocurrido. Visitar la tumba de su padre era algo que siempre le resultaba extraño. Su madre nunca hablaba de él, no le contaba ningún recuerdo, ni siquiera les mostraba fotos. Sin embargo, si Kōko protestaba y decía que no quería ir al cementerio, su madre se indignaba como si la hubieran insultado a ella personalmente. En esa tumba ahora también estaba su hermano. Y su madre. Cuando colocaron la urna de su madre, tuvo la ocasión de ver las de su hermano y su padre. Contemplarlos allí a los tres juntos, en fila, le había producido una extraña sensación de alegría.

Sí, la tierra del cementerio. Y la tierra del jardín de la casa en la que había crecido. Y la de un solar cercano, donde había un estanque alimentado por uno de los pocos manantiales de aguas termales que quedaban en la zona. Era un lugar al que se suponía que los niños no podían acercarse. Por lo visto, una vez un niño se resbaló, cayó al agua y se ahogó. Aunque era un estanque pequeño, se decía que se ramificaba a nivel subterráneo hasta alcanzar el suelo que pisaban, y Kōko había creído que en realidad el barro por el que caminaban estaba flotando encima del agua y que por eso no había que cavar agujeros ni clavar brotes de bambú en él, porque entonces saldría el agua a borbotones.

Kayako salió del cuarto de baño. Todavía se oía el ruido del agua drenando con fuerza. Al ver a su hija secarse las manos y los pies recordó también la cantidad de sueños que había tenido de niña relacionados con tierra mojada. En uno, estaba en un jardín sin hierba ni árboles, rodeado de un muro alto. Estaba jugando con su hermano y de repente ella abría una puerta de madera, y al atravesarla veía que la calle era un río que corría a sus pies. Por eso el jardín estaba tan embarrado, pensaba: porque lo rodeaba una corriente de agua. No ocurría nada especialmente extraño. Simplemente jugaba con su hermano como de costumbre, abría la puerta de madera y contemplaba el río, pero aquello le provocaba una angustia extrema, y de hecho siempre lo había considerado un sueño oscuro. Era una pesadilla recurrente. No sabría decir cuántos años tendría en aquella época, pero recordaba perfectamente el jardín de su infancia que, a diferencia del que aparecía en su pesadilla, era luminoso y estaba lleno de flores de temporada.

—La bañera está tan asquerosa que sales del baño más sucia de lo que entraste. El fondo estaba resbaladizo y todo.

—Perdona —dijo Kōko bajando ligeramente la cabeza.

—Me preocupas. Quiero que vayas arreglada a la entrevista, ¿eh? Tendrás que ir a la peluquería.

—¿A la peluquería?

Kayako fue a su habitación y sacó el pijama. De paso se puso a revisar el interior del armario y los cajones de su escritorio.

—¡Claro! Puedes ponerte muy guapa si te arreglas.

—Anda ya…

—¡Ya verás como sí! Si es que ahora pareces un hombre.

—Nunca te gustó que me pusiera pantalones. De pequeña hiciste un dibujo de una princesa y me dijiste: «Quiero que te vistas así».

—¿Ah, sí?

—Sí. No me importó, el dibujo era muy bonito.

Kōko y Kayako se rieron al unísono.

—Y tú, Kayako, ¿qué te vas a poner?

Kōko se levantó de la silla y se dirigió hacia el cuarto de Kayako. El cuerpo le ardía por la borrachera que llevaba encima.

—Un vestido.

—¿Qué vestido?

Kayako, apoyada sobre la estantería de libros, le lanzó una mirada feroz a su madre. Kōko se preguntó si habría hablado en el tono adecuado. ¿Se lo había tomado su hija como un ataque?

—Uno que me va a prestar la prima. Si apruebo el examen, dice la tía que me va a comprar otro.

Kōko asintió en silencio. Apartó la mirada de Kayako y la dirigió hacia el televisor de la cocina: estaban poniendo la telenovela que iba después de las noticias. Kayako empezó a limpiar a fondo los cajones de su escritorio, y de pronto Kōko se imaginó a sí misma atándola con una soga a las patas de la mesa. ¿Por qué no le bastaba con un instituto público? ¿Por qué sentía esa debilidad por los adornos de encaje? ¿Y si aprobaba? ¿Qué pasaba si conseguía aprobar el examen? Kōko podría comprarle un vestido, pero de ninguna de las maneras podría pagarle la matrícula todos los meses.

«Dámela en adopción. No te juzgaré por ello.» Kōko recordó las palabras de su hermana durante cierta conversación telefónica. «Si tú no quieres venir a vivir conmigo, que al menos venga Kaya. Tú te vuelves a casar con quien te dé la gana y te dedicas a pasártelo bien. Pero no la metas en tus líos», le había dicho su hermana, medio en broma, unos pocos días después del funeral de su madre. Hacía dos años de eso.

Seguía sonando el agua. De repente le vino a la cabeza: ¿debería consultarlo con Hatanaka? Pero él tenía ahora otros dos hijos, ya no era solo el padre de Kayako. Además, justo cuando habían empezado a poder verse sin reprocharse nada se habían visto obligados a cortar el contacto otra vez a petición de la nueva esposa de Hatanaka. También Kayako había ido perdiendo el interés en su padre poco a poco.

De todos modos, ¿acaso era posible que madre e hija no quedaran mutuamente enredadas en sus problemas? Si la madre soltaba a la hija para alejarla de sus circunstancias, entonces sería la hija quien arrastraría a la madre hacia las suyas. Kayako tendría que aprender a vivir metida en los líos de su madre. Kōko no iba a renunciar a ella ahora, después de tantos años y con tantos otros por delante.

El agua sonó más fuerte. Madre e hija se miraron un instante. Kayako fue la primera en hablar.

—Uy, creo que me he dejado el grifo abierto —dijo levantándose de la silla.

—No te preocupes, ya voy yo —dijo Kōko presionando suavemente el hombro de su hija para que se volviera a sentar.

Corrió hacia el cuarto de baño. La bañera de color azul claro se había desbordado y estaba envuelta en una cortina de agua suave y transparente. Kōko alargó el brazo y trató de cerrar el grifo torciendo el cuerpo en una postura casi imposible para no empaparse los pies. Lo que no pudo evitar fue que se le mojaran las puntas de los dedos. El agua estaba fría. Kōko sintió náuseas. Quiso pensar que era por la borrachera. Entonces le vino a la memoria el acuario que había visitado con

Doi. «Está bastante cerca, ¿por qué no vamos? Habrá muchas serpientes, con lo que a ti te gustan, Kayako.» A la niña no le había hecho ninguna gracia la broma de Doi, pero enseguida se había ilusionado ante la idea de la excursión. Se calzó rápidamente y se impacientó: «Venga, vamos, ¡vamos!».

En el acuario había una fila de cristaleras que emitían una luz azul. El ruido que hacía la bomba de oxígeno en el agua vibraba a través del interior oscurecido del recinto. Al otro lado del cristal se extendía un mundo de luces artificiales que ondeaban en el agua, habitado por seres vivos que se movían sin gritar ni llorar. Aunque lo que la separaba de ese mundo era un simple cristal, la distancia entre ella y los seres que vivían dentro era abismal. Kōko pensó en la presión del agua oprimiendo cada una de las láminas de cristal y sintió angustia. Doi y Kayako se divertían observando a los distintos seres acuáticos. Kōko había vuelto a aquel acuario varias veces después, sola. Sentía una atracción inexplicable por las hileras de luces azules que iluminaban las peceras de forma artificial. Se aprendió casi todos los nombres de los seres que vivían ahí dentro. Incluso ahora se acordaba de algunos: pez pulmonado del Nilo, pirarucú, pez cocodrilo. No es que sintiera ningún tipo de apego por ellos. Simplemente le gustaba ir y encontrarse con esos animales sin nombre que vivían al otro lado del cristal. Y, pese a que en el fondo le aterraba hallarlos bañados en aquella luz azul, no podía dejar de buscarlos una y otra vez.

Uno de aquellos días, Kōko le había dicho a Doi:

—Me gustaría tener una mascota.

—Ni se te ocurra. Tratándose de ti, seguro que se te muere enseguida.

Doi estaba montado sobre el cuerpo de Kōko.

—No es verdad. Dependerá de qué animal sea.

—Bueno, si es una cucaracha, supongo que podrías.

—No digas tonterías.

—¿Entonces qué?

—Quizá un animal que ya no esté vivo, conservado en formol. Aunque esté muerto, si convivo con él todos los días será como cuidarlo, ¿no? Dejaría de ser un espécimen disecado cualquiera. Me encantaría tener uno…

Doi se apartó de Kōko y se sentó sobre el futon.

—No te entiendo. ¿Qué dices?

—Seguro que a Kayako le encantaría también. Le pondríamos un nombre… No hace falta que sea especial, puede ser de lo más común. ¿Por qué no me traes uno? Lo cuidaremos entre las dos, será nuestro bebé.

Doi no respondió. Se fue a la cocina a beber agua.

Una vez, Kōko le había oído hablar de bebés humanos metidos en frascos cilíndricos. Se lo había enseñado un amigo que trabajaba en el hospital universitario. Había unos veinte frascos de unos treinta centímetros de alto colocados en fila en una estantería. El vidrio estaba muy limpio. Dentro flotaban todo tipo de bebés de cuerpos blanquecinos. Algunos incluso observaban el exterior con los ojos grandes y abiertos. Aquellos bebés no parecían saber que estaban dentro de un frasco; parecían dormidos y a punto de nacer. Así se lo había contado Doi.

—No, no me dio miedo. Pobrecitos, sería terrible que dieran miedo. Los pobres no pudieron vivir fuera de la barriga porque tenían algún problema. Lo único es que… ¡se los veía tan solos! Eso fue lo que no me gustó. Mientras los miraba me dio la sensación de que me estaban pidiendo que los ayudara y no entendían por qué yo no hacía nada…

—Sí tuviste miedo. Claro que daban miedo —susurró Kōko.

Nunca pudo imaginarse con precisión los cuerpos blancos de los bebés, pero por algún motivo se le quedó grabada la imagen de aquellos frascos relucientes, y durante mucho tiempo siguieron resplandeciendo en su retina. En su recuerdo había desaparecido el vidrio y solo quedaba una luz aguda, plateada, parpadeando con fuerza sobre el cilindro.

2

Sonó el teléfono. Eran las siete y media de la mañana. Kōko ya estaba vestida y aseada, pero dejó que sonara varias veces antes de descolgar el auricular. La voz de Kayako entró directa en su oído. Habló rápido para decirle algo así como que iba para allá, que estuviera preparada y que la esperara lista para salir.

—No te agobies, que aunque lleguemos justas de tiempo eso no va a afectar a tus notas.

Sin embargo, a los quince minutos Kayako ya había llegado a la casa. Tenía la respiración entrecortada; había ido corriendo. Su pelo y sus hombros brillaban, mojados. Era una mañana fría de aguanieve.

—Estaba preocupada, imagínate que después de tanto decir que no me agobie te vuelves a quedar dormida. Menos mal que estás despierta.

—¿Crees que voy bien así? —preguntó Kōko después de invitar a Kayako a que tomara asiento.

Era el traje negro que se había comprado en unos grandes almacenes a toda prisa para el funeral de su madre. Le inquietaba no poder abrocharse la falda con la barriga que tenía ahora, pero como se la había comprado más bien grande, al final pudo cerrársela sin problemas.

Kayako sonrió con aires de adulta y asintió. Tenía las mejillas coloradas por los nervios y los ojos resplandecientes; de repente se había convertido en una niña dulce y cariñosa. El vestido que llevaba, azul claro con cuello blanco y puños, le quedaba muy bien, pero tanto la falda como las mangas eran demasiado cortas, pensó Kōko. Le habría gustado arreglarle aunque fuera solo el bajo del vestido, pero no había tiempo. Le habría llevado más de dos horas hacer el arreglo a mano. La hija de su hermana era muy menuda, siempre fue la más baja de su clase. En cambio —o quizá no debería decirlo así—, sacaba muy buenas notas y la elegían siempre delegada de clase. Si seguía haciendo las cosas tan bien, quizá el padre tendría que renunciar a su único varón y cederle a su hija la sucesión en el bufete de abogados. Esto se lo había contado un día su hermana, rebosante de gozo. «Una mujer abogada, eso sí que estaría bien», había respondido Kōko con un entusiasmo raro en ella, pero su hermana se rio y respondió que no, que no se refería a nada tan extravagante; que lo que harían sería ofrecerle el puesto al marido de su hija, adoptarlo como a un hijo. «Cómo le gusta eso de adoptar hijos e hijas», pensó Kōko mientras miraba a su hermana y forzaba una sonrisa amarga. También su cuñado había tomado el apellido de la familia de Kōko como si fuera un hijo adoptivo.

Kōko preparó un café instantáneo para Kayako y esperó a que se lo tomara antes de bajar con ella en el ascensor. Seguía cayendo aguanieve. Las calles, los edificios, los árboles en las aceras, los postes de luz e incluso el cielo parecían más mo-

50

jados, más aplastados por el peso del agua que cuando llovía. Consiguieron un taxi enseguida, pero había tanto tráfico que apenas avanzaban. Había optado por no ir en tren porque era mucho rodeo, pero ahora pensaba que quizá habría sido lo mejor. Kayako miraba de frente nerviosa, mordiéndose el labio inferior.

—Ojalá se convierta en nieve. Es mucho mejor la nieve —dijo Kōko. Kayako asintió pensativa—. Yo te llevaba a la guardería incluso en días así, ¿sabes? Me acuerdo cada vez que hace mal tiempo. Durante seis años[9] te llevé todos los días o en brazos o a caballito. No sé ni cómo pude.

—¿Llegaremos a tiempo? —murmuró Kayako.

—Tenemos todavía más de media hora.

—Sí.

El coche se volvió a parar cuando por fin había logrado avanzar un poco. Al fondo de la carretera se veía, diminuto, el círculo rojo del semáforo. Kayako suspiró y se recolocó en el asiento.

—Que no te preocupes, que llegamos bien…

—Sí, ya lo sé, no es eso. Es que… seguro que me preguntan por papá. ¿Qué les digo?

Las mejillas de Kayako habían pasado de un tono melocotón al color de una fruta dañada. Por un momento Kōko pensó que quizá la niña tuviera fiebre y quiso tocarle la mejilla. A Kayako se le ponía la cara así de colorada siempre que tenía fiebre, y solo por la tonalidad de su piel podía saber aproximadamente cuál era su temperatura corporal sin necesidad de un termómetro. Ahora, pensó Kōko, debía de rondar los treinta y nueve grados.

---

9. La enseñanza obligatoria japonesa empieza a los siete años en primero de primaria.

—Ah, si es eso lo que te preocupa, tú no has hecho nada malo. Simplemente cuéntales la verdad.

—Ya, pero ¿cómo se lo digo? —Kayako bajó la voz aún más.

—Pues eso, que tus padres se divorciaron cuando tenías tres años. No hace falta decir nada más. Además, ya hemos presentado el libro de familia, ¿no? —dijo Kōko, también bajando la voz. Kayako asintió—. Entonces realmente no tienes nada más que explicar. Diles que no sabes más que lo que viene en el libro de familia.

—Por lo visto hay muchas estudiantes a las que rechazan por su situación familiar.

—¿Ah, sí? O sea que solo les importa el dinero. Solo les interesa aceptar a alumnos cuyos padres pueden hacer donaciones generosas. Qué ridiculez. ¿Te merece la pena un colegio así? ¿Por qué no te olvidas? Todavía estás a tiempo.

—Pero, mamá… —susurró Kayako con la cabeza gacha.

Kōko se quedó observando el perfil de su hija. Pensó que estaba a punto de llorar, pero Kayako no derramó ni una sola lágrima y se limitó a emitir un ligero suspiro con deliberada indiferencia. Kōko se arrepintió de la pataleta que acababa de tener y se exasperó ante la reacción de su hija. Ya nunca discutían. En realidad, Kayako había abandonado el seno de su madre el día en que conoció a Doi, y ahora esa realidad se precipitaba dolorosamente contra Kōko.

A mediodía Kōko y Kayako fueron juntas a un restaurante. El aguanieve se había convertido en lluvia. El local estaba muy cerca del colegio, por lo que había otras madres acompañando a sus hijas a comer. Una de ellas saludó a Kayako; quizá habían coincidido en la sala mientras esperaban para la entrevista, aunque Kōko no recordaba haberla visto. Era una mujer regordeta y de piel morena.

Kayako no había abierto la boca desde que abandonaron el recinto escolar. Ni siquiera había querido cruzar la mirada con su madre. Estaba cabizbaja, como si se estuviera repitiendo a sí misma una y otra vez que debía contener el llanto hasta encontrar el lugar oportuno para soltar su rabia. La entrevista en sí había ido muy bien, o eso creía Kōko, pero al parecer las palabras de la monja al despedirse no eran buena señal. Kayako le había oído decir a su prima que, por norma general, un «nos vemos pronto» era equivalente a un aprobado y un «que te vaya bien» significaba un suspenso. Así funcionaba: al término de la entrevista el colegio ya tenía más o menos decidido el futuro del alumno, y a Kayako la habían sentenciado con un «que te vaya bien». La monja había elogiado las notas de Kayako e incluso había mostrado empatía con el hecho de que Kōko hubiera criado sola a su hija. Todo parecía ir tan bien que Kōko no pudo sino responder a cada pregunta con una sonrisa, arrepentida de haber tenido unos prejuicios tan negativos sobre el colegio. Sin embargo, al margen de cómo se hubiera despedido la monja, cuando Kōko salió de la sala tuvo la angustiosa sensación de que algo había ido mal. Estaba, de hecho, convencida de ello. Por eso fue incapaz de brindarle a Kayako ni una pizca de optimismo, ni de hacer un solo comentario sobre la entrevista, ni siquiera acerca de la vestimenta de las monjas.

El colegio ocupaba un edificio antiguo. Después de atravesar la verja de entrada, de una altura excesiva, las recibieron con una sentida reverencia algunas estudiantes de los últimos cursos. No era cuestión de pasar de largo sin decirles nada, así que Kōko les preguntó a dónde debían dirigirse y les dio las gracias con suma educación antes de adentrarse en el convento. En el interior del edificio se encontraron con otro grupo de colegialas que recibían a los padres con un lazo en el pecho. El uniforme le resultaba familiar: se lo había visto puesto de forma impoluta a Mie, la hija de su hermana, durante el funeral de su madre.

Al poco de llegar a la sala de espera Mie se asomó a saludar. Era la hora del recreo y se notaba un poco el murmullo, pero solo un poco. Seguía reinando un silencio sorprendente.

—¿Por qué has tardado tanto? —dijo Kayako con voz melosa mientras se acercaba al pasillo en el que esperaba su prima. Parecía que se habían prometido verse ahí. La voz de Kayako fue suficientemente alta como para que todas las personas en la sala de espera dirigieran su mirada hacia el pasillo. Kōko se ruborizó. ¿No sería mejor que nadie se enterara de que se conocían? ¿Ni siquiera podía Kayako darse cuenta de eso? ¡Qué insensatez! ¿En eso se había convertido su hija?

A Kōko se le quitaron todas las ganas de asistir a la entrevista que estaba a punto de tener con las monjas. Indignada, se recolocó en el asiento. Volvió a convencerse de que lo mejor sería persuadir a su hija de que renunciara a ese colegio. ¡Había sido un error absoluto faltar al trabajo para ir a la entrevista! Kōko se fue irritando cada vez más. Ahora le tocaría recuperar las clases de piano el domingo. ¿Y qué le iba a dar Kayako a cambio de tantos sacrificios?

Le entraron ganas de fumarse un cigarrillo. «Bueno, no es para tanto», se dijo, intentando calmarse, pero no lograba sacudirse el malhumor. Salió al pasillo con la cabeza gacha. Kayako estaba asomada a la ventana, sola. Entre dos calles sin gente se veía un edificio blanco de viviendas. Si en la sala de espera hacía frío, en el pasillo aún más. A Kōko le salía vaho de la boca. Pensó en su cuerpo: en su estado, lo que peor le venía era pasar frío.

—¿Ya se ha ido? —Al oír la voz de su madre, Kayako le dirigió la mirada por primera vez desde que habían llegado.

Se quedó mirándola con la boca torpemente abierta. Kōko repitió la pregunta—: ¿Se ha ido ya Mie?

—Me ha dado recuerdos para ti —respondió Kayako con indiferencia.

Kōko apartó la mirada y sacó un paquete de tabaco de su bolso.

—¡No puedes!

Sabía que su hija reaccionaría así. No solo no le sorprendió, sino que le importó un rábano y procedió tranquilamente a extraer un cigarrillo del paquete. Kayako se lo arrancó de las manos al instante. Kōko le clavó la mirada: su hija tenía las aletas de la nariz infladas y coloradas. Con el cigarrillo arrugado en un puño Kayako entornó los ojos, como si le molestara la luz, y giró la cabeza hacia la ventana.

En ese momento las llamaron. Madre e hija se miraron durante un instante y enseguida se pusieron de pie y se alisaron la ropa con las manos. Kayako deslizó el cigarrillo en uno de sus bolsillos.

Ahora, la niña masticaba con tal desánimo que bien le podría haber quitado el apetito a los comensales de al lado. Quizá no tendría que haberla llevado a un restaurante tan mediocre, pensó Kōko. ¿Debería haberla invitado a degustar un menú francés en algún local lujoso de Ginza? En cualquier caso, ahora ya era demasiado tarde y más valía que su hija aprendiera de la amargura del momento. Ojalá tuviera un espejo a mano para que Kayako viera su mísero reflejo y se diera cuenta de lo equivocada que estaba. «Te estás amargando tú sola», le habría gustado decirle. «Tú eres tu propia enemiga, estás luchando contra ti misma. Por mucho que un pájaro intente ser un pez, lo único que consigue es mojarse…»

Mientras esperaba a que su hija terminara de comer, Kōko pensó en el ser que estaba creciendo en su vientre y por primera vez sintió algo parecido a la alegría. Quizá no debía tener miedo a traerlo al mundo. Algo había cambiado: ahora aceptaba la idea de que pudiera estar embarazada… De pronto Kōko despertó de su ensoñación. Le preocupaba que Kayako pudiera darse cuenta de lo que estaba pensando. Para disimular, apartó su mirada del plato y la dirigió hacia la ventana que quedaba a su derecha. Seguía lloviendo. Era una lluvia grumosa y opaca. La ventana empañada no dejaba ver más que unas siluetas borrosas en la calle. Las farolas de mercurio, que se encienden y se apagan en función de la claridad del cielo, emitían un gran halo de luz de color malva. Dentro del restaurante el calor humano y el olor de la comida volvían agobiante el ambiente.

Tener otro bebé suponía añadir un nuevo miembro a la familia. Kōko intentó visualizar la cuna dentro de su apartamento. De día la colocaría en el dormitorio de Kayako, que era el más luminoso. Kayako estaría estudiando a su lado, en el escritorio, y cuando el bebé se pusiera a llorar se asomaría a ver qué le pasaba y le acariciaría suavemente el pecho o lo cogería en brazos, y solo después llamaría a Kōko…

Tres personas. A Kōko le fascinó la repentina sensación de equilibrio que le transmitía esa cifra. Ni dos ni cuatro, sino tres. Un triángulo. Una forma madura y bella. El cuadrado estaba bien, pero el triángulo era la base de todas las formas. Era dominante, do, mi, sol, un acorde. De tanto oírlo había dejado de emocionarla, pero no había acorde más pleno, potente y suave a la vez. Con solo dos personas era muy difícil darle forma a una familia. Una adulta y una niña no podían estar unidas más que por una línea recta. Y además, en esa línea, un punto estaba muy arriba y el otro demasiado abajo. Era una diagonal. Brindarle a Kayako otro punto sobre el que sostenerse no podía resultar en nada malo. Al contrario, sería un obsequio para ella, traído del lugar más insospechado…

Hasta aquí llegaron sus divagaciones. Kōko no pudo evitar dirigirse a sí misma una sonrisa burlona por atreverse a llevar su fantasía tan lejos. Por ser tan ingenua, tan infantil. ¿De dónde iba a sacar el dinero?, se preguntó, casi como si esas palabras vinieran de su hermana. Cuando el bebé cumpliera cierta edad podría llevarlo a la guardería, pero ¿qué iba a hacer hasta entonces con su trabajo? Por otro lado, Kayako ya era muy mayor para creer en cosas como la inmaculada concepción. Seguir adelante con el embarazo sin tener pareja implicaba desvelarle a su hija su pasado oculto. Si finalmente Kayako terminaba por ir al instituto católico, le tocaría soportar el rechazo tanto de profesores como de alumnos (aunque seguramente ocurriría lo mismo en uno público). Incluso puede que la expulsaran antes de que terminara el curso escolar. Y, con el apoyo de su tía, era posible que acabara incluso renegando de ella.

Sin embargo, cada vez que a Kōko la asaltaban este tipo de dudas, una voz cándida en un rincón de su mente se encargaba de convencerla de lo contrario. Si el problema era el dinero, podría reclamarle a su cuñado la parte que le faltaba de su herencia. En cuanto al trabajo, había guarderías sin licencia oficial que cuidaban de bebés a partir de las seis semanas y, además, Kayako también podría poner de su parte. Quizá Kōko lograra que le cambiaran el turno al de noche y la dejaran hacer fines de semana y festivos. A Kayako no le quedaría otra que ayudar. ¡Cómo iba a darle la espalda a un ser de su propia sangre! No podría, por mucho que la gente la señalara con el dedo.

Kōko recordó lo perdida que se había sentido cada vez que su cuerpo se entrelazaba con el de Doi, y sin querer se acarició el vientre, cuya hinchazón era todavía imperceptible.

En realidad, visto con perspectiva, no creía que en aquella época hubiera estado perdida, sino tan solo preocupada por su incapacidad de decidirse por una cosa u otra, y esa inquietud lo dominaba todo, desde sus clases de piano hasta la relación con su hija. Solo cuando veía a Doi y se unía físicamente a él se le despejaba la mente y tomaba conciencia de que él era un hombre con hijos ya nacidos y crecidos y que, por lo tanto, embarazarse de él era una locura inadmisible. Solo en ese momento conseguía resistirse a Doi, quien, poseído por el deseo carnal, le susurraba que no se preocupara, que si se quedaba embarazada ya encontrarían la forma de salir adelante. Sin embargo, esa lucidez se esfumaba cada vez que dejaba de verlo: entonces la invadía la duda, se sentía culpable por querer evitar el embarazo y se lanzaba, desesperada, a imaginar al futuro retoño que tendría con él.

No obstante, sabía que Doi, incluso en el caso improbable de que dejara de lado a sus propios hijos y se fuera con Kōko para cuidar al nuevo bebé, se negaría a ocuparse de Kayako. ¿Por qué iba a hacer sufrir a sus hijos para cuidar de una niña que no tenía nada que ver con él? Doi terminaría por sentirse así, Kōko estaba segura. ¿Cómo no se iba a sentir estúpido y terrible cada vez que llevara a Kayako al zoo? ¿Cómo no se iba a preguntar qué demonios estaba haciendo con su vida? A Kōko le parecía inevitable. Cuando los veía a los dos caminando de espaldas se echaba a temblar. Y, pese a ello, pese a temblar de miedo, siempre intentaba brindarle a Kayako un ratito más con él, para que disfrutara de la presencia de aquel hombre como si fuera su padre.

¿Pero qué ocurriría realmente si tuviera un hijo con Doi? Kōko se lo había preguntado muchas veces. Si decidía seguir adelante con el embarazo, no sería para tener un niño que se pareciera a él; nunca se lo había planteado en esos términos.

La decisión dependía más bien del impacto que tendría el bebé en su vida. Eso era lo que la había mantenido siempre indecisa: el tener que evaluar, casi matemáticamente, los pros y los contras del embarazo. Doi habría aceptado de buen grado su paternidad, de eso estaba convencida, pero también sabía que su buena disposición acabaría ahí. No habría hecho nada más por ella ni por su hijo. No habría podido arrancarle a Doi un compromiso ni en sus momentos de mayor impulsividad. No es que fuera a desentenderse por completo, pero nunca habría dejado a su familia para irse con ella. «Ya hay que ser valiente para tener un hijo sola, qué fuertes sois las mujeres», habría dicho, y habría continuado con su vida como si nada, visitándola de vez en cuando. Lo peor era que Kōko habría perdido su derecho a quejarse. Tratándose de un hombre, no le cabía ninguna duda de que ocurriría así, y eso era lo que más la aterrorizaba. Que él le dijera: «Ha sido decisión tuya tenerlo sola, ahora no me vengas con que me necesitas».

Incluso había llegado a pensar que si el padre fuera Hatanaka las cosas irían mucho mejor, pero eso era una auténtica tontería. Hatanaka era un hombre que se entusiasmaba por todo con demasiada facilidad, sin pensar en las consecuencias. Eso explicaba que los dos se hubieran ido a vivir juntos al mes de conocerse y que se hubieran separado después con la misma facilidad. En cuanto se le pasó por la cabeza la idea de deshacer el matrimonio, Hatanaka ya no pudo pensar en otra cosa y empezó a cultivar un nuevo sueño: el de vivir una vida libre con una mujer más joven. Entonces pasó a irritarle la perplejidad de Kōko, que todavía estaba tratando de asimilar el cambio que se había producido y no estaba siquiera segura de querer concederle el divorcio.

Kōko no se dio cuenta de lo mucho que odiaba el carácter de Hatanaka hasta que se divorció de él. Al final, fue ella quien más convencida estuvo de que habían hecho bien en separarse.

En su segunda época con Doi, poco después de separarse de Hatanaka, Kōko no se quedó embarazada ni una sola vez. Pero nunca se había planteado aquello como algo positivo. Mientras decidía si debía ser madre o no, calculando los pros y los contras, nació el segundo hijo de Doi. Aquello la dejó totalmente consternada. El niño se llevaba nueve años con su hermano mayor; tenía que ser algo muy planeado. «Qué bajeza, tener un hijo solo para atrapar a un hombre», pensó Kōko en ese momento sin darse cuenta de que ella estaba haciendo exactamente lo mismo. Durante todo ese tiempo no había hecho más que calcular meticulosamente las ventajas y los inconvenientes de un acontecimiento así en su vida, sin considerar ni una sola vez que la mujer de Doi también tenía un corazón que sentía confusión y dudas y que tomaba decisiones en función de esos sentimientos. Kōko quería hacer *suyo* a Doi solo para rellenar las fisuras que se habían abierto en su vida con Kayako. Pero una cosa era que Doi pudiera estar dispuesto a ayudarla, y otra muy distinta era que accediera a ser el padre de Kayako. En el fondo, Doi era algo así como un juguete nuevo que Kōko quería comprarle a su hija.

Al principio, cuando nació el segundo hijo de Doi, Kōko incluso se alegró. Pensó que podría utilizar esa circunstancia a su favor, para alejarse de él. Pero las cosas no salieron como ella esperaba. Enseguida se arrepintió de haberlo dejado escapar y se odió a sí misma por haber cometido semejante error. Se retorció de rabia en el suelo. Vociferó. Si tan solo hubiera sido un poco más valiente, ese segundo hijo habría sido suyo, se dijo a sí misma. ¿Por qué había nacido en otra casa, cuando lo tendría que haber tenido ella? Era a ella a quien él deseaba, era su cuerpo el que había quedado entrelazado una y otra vez al de Doi. Kōko no podía dejar de pensar en ese segundo hijo. «Ahora tendrá tres semanas. Ahora tendrá seis meses. Ahora estará empezando a andar.» Y cada vez que veía a un niño de su misma edad por la calle lo observaba con detenimiento e intentaba capturar todos los detalles. Incluso había veces en las que consultaba libros sobre crianza que aún conservaba en casa. Cuando hacía esto se sentía estúpida y superficial, porque por mucha rabia que le diera, no podía desprenderse de esa obsesión por los bebés. Tampoco podía refugiarse en los recuerdos de cuando su propia hija era muy pequeña: de algún modo la niña, que entonces tenía ocho años, había convertido la memoria de su madre en un pozo turbio. Kōko ya no lograba recordar ni un llanto siquiera.

Ahora habían pasado tres años desde que dejó de ver a Doi. Ya no perseguía con la mirada a los niños que se encontraba por la calle, pero el remordimiento le seguía pesando como un pedazo de metal hundido en el fondo de su cuerpo. Llevaba así tres años, sin poder sacudirse de encima la sensación de que había fracasado estrepitosamente. ¿Por qué había tenido ese miedo a quedarse embarazada? Cuanto más tiempo pasaba, menos lo entendía. Le sorprendía que no hubiera sido Doi, sino ella misma, quien evitó el embarazo una y otra vez. Kōko había abortado cuando estudiaba en la universidad. Era de Doi. En aquel momento Kōko acudió a una clínica sin pensárselo dos veces. Todavía no tenía confianza con él como para pedirle que sufragara los gastos de la operación, así que al final lo hizo sin que se enterara. Eran cosas que le ocurrían a cualquiera, se dijo, y no le dio mayor importancia. Ni siquiera se lo contó cuando, ya graduados de la universidad, afianzaron su relación. Aquel aborto solo cobró importancia cuando nació el primer hijo de Doi, pero nunca lo recordó como algo especialmente desagradable ni traumático, por lo que no era suficiente para justificar el rechazo visceral que sentiría más adelante por el embarazo. Quizá ese rechazo estaba más bien relacionado con su simpatía por la esposa de Doi. Kōko pensaba en ella, en su cuerpo, en cómo aquella mujer, todavía soltera, había decidido unirse a un hombre de esa manera para siempre.

Doi era una persona callada, inteligente y punzante, capaz de quebrantar los sueños de otros con sus palabras casi crueles. Era unos años mayor que ella. Kōko lo quería y lo temía a partes iguales. Era un hombre que nunca hacía ningún esfuerzo por consolarla cuando estaba dolida, no buscaba contentar a las mujeres como hacían los demás hombres, sino que se limitaba a agarrar su cuerpo con fuerza para precipitar el encuentro físico. A menudo, cuando iba a su piso, se quedaba en silencio, indiferente al deseo de Kōko de entablar una conversación. Solo buscaba su cuerpo con fuerza bruta, o si había amigos delante, criticaba su carácter endeble, capaz de cambiar de parecer según los vaivenes de los hombres. Kōko se convencía a sí misma de que Doi actuaba así para realzar su ego sexual; no era más que eso. Pero lo cierto era que al final siempre respondía dándole todo lo que él quería.

El deseo sexual que Doi provocaba en ella no tenía nada que ver ni con los sentimientos, claro está, ni con el cuerpo siquiera. A Kōko le divertía lo extraño que resultaba que, incluso reducidos a su forma más básica, un hombre y una mujer se volvieran inseparables durante unos momentos. Pero la diversión se terminaba pronto. Enseguida se lamentaba de lo patético del asunto: eran solo dos personas unidas por el mismo apetito sexual. Sí, eso era. Eran dos seres cegados por la intensidad de su deseo. Así las cosas, no podía dejar de simpatizar con la otra amante de Doi, que casualmente quedó embarazada un día y se convirtió en su esposa. Es más, la admiraba por tener el valor de parir un hijo de aquel hombre. Ni por un momento se le ocurrió pensar que quizá Doi no sentía lo mismo por una que por otra.

Lo mirara por donde lo mirara, era improbable que aquel aborto fuera la causa de su miedo permanente a volver a quedarse embarazada. Solo restaba una posibilidad: que considerara el embarazo un obstáculo al placer momentáneo y ligero al que se había enganchado. Al fin y al cabo, había decidido darle la espalda al instinto más profundo que subyace a lo meramente corporal. Aunque se aferraba al cuerpo de Doi creyendo que por fin había descubierto el amor romántico, en el fondo repudiaba y despreciaba el instinto que se escondía detrás de esa pasión. Era eso lo que temía, la fuerza incontrolable del instinto. Kōko fue muy feliz cuando Doi le dijo que siempre la había querido a ella y solo a ella, y le reprochó que no se lo hubiera dicho antes, pues de haberlo sabido no se habría casado con Hatanaka. Cuando, ya divorciada, regresaron todos sus sentimientos hacia Doi, se sintió emocionalmente embriagada. En aquella época estuvo convencida de que aquel era el único y verdadero amor de su vida. Sin embargo, un embarazo habría venido a reafirmar que todo había sido cosa del instinto que tanto había intentado soterrar. No, si rechazaba la idea de tener un hijo con Doi no era en absoluto por consideración hacia su mujer. Nunca pensó, por mucho amor que sintiera por él, que lo que hacían mientras sus dos cuerpos desnudos se entrelazaban fuera algo bello. Por el contrario, cuanto más se apegaba a él, más vulnerable se sentía; cada vez quedaba más expuesta su soledad, la de una mujer que acababa de perder a su marido.

Cuando estaba con Hatanaka, el sexo nunca le había preocupado. Quedarse embarazada no suponía un problema: daba por hecho que podían casarse en cualquier momento. El día en que le comunicaron en el hospital que estaba encinta, la invadió tal alegría que por un instante tuvo la sensación de que todas las personas que había en el edificio la estaban felicitando. Ahora, al recordar esto, se sentía aún más despreciable. Era ella quien había pisoteado su relación con Doi con los pies sucios del qué dirán.

Cada vez que sus pensamientos la llevaban por estos derroteros, se lamentaba amargamente por haberse negado a tener un hijo con él.

El otoño anterior había empezado a verse asiduamente con un amigo de Hatanaka llamado Osada. Durante ese tiempo volvieron a atormentarla los remordimientos. «¿Y ahora qué? ¿Qué vas a hacer esta vez?», se preguntaba cada vez que eludía una cita con él. No tenía nada claro lo que sentía; solo sabía que tenía que evitar quedarse embarazada. También Osada temía dejarla encinta, lógicamente, y eso hacía que Kōko ya no le viera el sentido al acto sexual y lo experimentara con distancia, como si lo estuviera oteando desde el techo, pensando: «Pero qué cosa más aburrida están haciendo esos dos». Entonces ya no estaba tan segura de querer impedir el embarazo, e incluso se avergonzaba de sus esfuerzos tozudos por eludir el riesgo. Aunque la idea de albergar una nueva vida en su interior la espantaba más que nunca y quería evitarla a toda costa, ella misma se incitaba a cambiar de opinión, y a pesar del pánico que le producía, en el fondo esperaba quedarse embarazada en algún momento. Si eso ocurría, estaba decidida a tenerlo, por poco razonable que fuera. No serviría de parche para arreglar sus problemas, pero lo tendría de todas formas. Y, pese a ello, la idea del embarazo la seguía aterrorizando.

Sin embargo, ahora que su vientre empezaba a hincharse de verdad, ya no le preocupaba demasiado. Si le quedaba alguna duda era solo por lo que fuera a decir la gente, pero incluso ese titubeo se desvanecía tan pronto como se recordaba a sí misma que a estas alturas de la vida poco debía importarle lo que opinara el mundo, más aún cuando ella había vivido siempre según sus propios principios. Puede que fuera totalmente insensato desear, a su edad, traer sola al mundo a un niño que no iba a tener padre. Pero precisamente porque tenía ya unos años no quería arrepentirse el resto de su vida por haber dejado pasar esta oportunidad. Cada vez estaba más convencida de que era inútil preocuparse por lo que los demás pudieran pensar. Estaba a punto de cumplir treinta y siete años. Y a sus treinta y siete años, la única persona que estaba observando y juzgando a Kōko era ella misma. Era una obviedad, pero por fin se daba cuenta, y le sorprendió la soledad tan profunda que contenía esa verdad. Que el niño tuviera padre o no le pareció una cuestión fútil. Se trataba de que ella tuviera otro hijo, nada más.

En sus años universitarios había aprendido el término *Eka Kṣāṇa*. Durante un tiempo la expresión se había puesto de moda entre los estudiantes. Era un concepto filosófico procedente de la India que significaba «el Instante» en sánscrito. Venía a decir que el llamado Nirvana consistía en ver el universo entero en un instante y trascenderlo. Al parecer, la percepción del tiempo en la antigua India coincidía con la actual teoría del modelo cíclico del universo. Sí, ahora lo recordaba. Había más: el universo nacía, se destruía y se regeneraba cíclicamente a un ritmo inconcebible para el ser humano. Además, el cosmos, su desarrollo, el tiempo contenido en él e incluso la vida, todo estaba destinado a desaparecer con él, y no había ninguna verdad que fuera a perdurar para siempre. El mundo tal y como lo conocemos no es más que una gran ilusión que discurre en el vacío. No debemos dejarnos engañar por esa ilusión. Entonces, ¿dónde podemos encontrar la verdad eterna? Es precisamente en ese Instante donde se esconde la fuerza capaz de romper la ilusión. En este Instante actual se abre el ojo eterno que ve los secretos del movimiento cósmico…

Era algo que había oído un par de veces en clase, casi de pasada. Sin embargo, ahora que recordaba aquellas palabras sentía que cobraban vida en su interior. Quizá debería entregarse a este Instante, al ahora. ¿Acaso no estaba contenido en él todo el significado del universo? Una vez, mientras mantenía relaciones sexuales con Osada, tuvo la sensación de albergar en su cuerpo todo el movimiento cósmico, que durante un instante se manifestó a través de su útero. Fue un instante que solo podía llamar «de gracia», un momento para la concepción. Si era así, ¿por qué le preocupaba tanto entregarse a ese instante? El ahora eterno. ¡Qué agradable era el sonido de esas dos palabras! Kōko no albergaba ninguna duda de que el universo era una gran ilusión. Si ella no era más que un cuerpo arrastrado por la corriente de la ilusión, entonces no había ninguna necesidad de justificar la existencia de una nueva vida.

Había dos realidades frente a ella: por un lado, una hija que la rechazaba como madre, más atraída por lo que el mundo de su tía le ofrecía; por otro, su propio embarazo. Kōko no podía evitar pensar que debía de haber un significado especial en el hecho de que estas dos realidades le hubieran sido otorgadas simultáneamente. No podía darle la espalda a una y aceptar únicamente la otra. Si iba a desechar una de las dos, también debía desecharse a sí misma.

—Bueno, ¿nos vamos? —Kōko se levantó de la silla al terminar su cigarrillo, y enseguida tuvo una idea—. Ya que estamos, si quieres te compro alguna camisa en Ginza. Seguramente tengan ya muchos modelos de primavera.

Kayako asintió ligeramente, cabizbaja, y se puso de pie. Kōko apoyó la mano izquierda sobre su espalda y se dirigió hacia la caja. Quería brindarle todo el apoyo que pudiera a su hija desanimada. Hasta hacía poco Kōko había podido colocarla sobre sus rodillas como a un bebé y acariciarle la cabeza hasta que dejaba de llorar, susurrándole «pobrecita, pobrecita», pero Kayako ya nunca sollozaba delante de ella, y abrazarla era algo que no consideraba ni remotamente posible. No podía sino compadecerse de esa niña que estaba predestinada a crecer y hacerse mayor. Se quedó mirándola desde atrás: la espalda de Kayako era delgada, con poca carne y una columna prominente.

Kōko paró un taxi en frente del restaurante y empujó ligeramente a Kayako para que entrara primero. La intensidad de la lluvia había aumentado y oscurecido la ciudad, como si el sol se hubiera puesto. Le pareció que solo a alguien con tan mala suerte como Kayako le podía haber tocado hacer un examen en un día tan desagradable. La niña guardó silencio durante todo el trayecto. Kōko se quedó mirando fijamente por la ventana hasta que empezó a ver cómo la ciudad desaparecía al otro lado, reducida a un puñado de luces pálidas que se derretían con cada gota. Era como si el vehículo en el que estaban fuera un acuario sumergido a la deriva en el agua.

En todo caso, se preguntó Kōko mientras se miraba el vientre, ¿debía decírselo a Osada? No tenía intención de pedirle ningún tipo responsabilidad como padre, pero le pareció de mal gusto ocultarle el hecho de que un hijo suyo había sido concebido y existía ya en este mundo. Seguramente no tardaría en volver a ver a Osada; tenía que decidirse pronto.

Hatanaka le había pedido a Osada que hiciera de intermediario entre él y Kōko. Últimamente ya apenas tenía noticias de Hatanaka, pero hasta dos o tres años antes Kōko había recibido llamadas constantes de Osada. Se sentía cómoda hablando con él; incluso le gustaba verlo para llevarle fotos de Kayako o su boletín de calificaciones.

Hatanaka todavía le hacía llegar un regalo a través de Osada una o dos veces al año, por Navidad o por el cumpleaños de Kayako. Al principio Kōko había sido incapaz de decirle a su hija que los regalos eran de parte de su padre, y fingía habérselos comprado ella. No fue hasta que dejó de ver a Doi cuando por fin pudo sincerarse, pero para entonces era Hatanaka el que había empezado a evitar el contacto directo con Kayako, tal y como Kōko llevaba tiempo proponiéndose. La figura de Osada continuó siendo, pues, imprescindible. Por él se enteró de que, a los dos o tres meses de volver a casarse, Hatanaka había tenido un hijo. Esta vez se trataba de un niño, y Hatanaka hasta le lavaba los pañales. «Le pega», había comentado Kōko entre risas.

Cuando Kayako era un bebé, Hatanaka la adoraba hasta límites exagerados. Sin embargo, huía de su responsabilidad a la hora de aportar dinero al hogar, dinero que necesitaban desesperadamente. «Ayúdame por lo menos con las tareas domésticas y con la niña», le había rogado Kōko muchas veces, pero él se limitaba a jugar con ella. Llegó un momento en el que Kōko se vio obligada a pedirle dinero prestado a su madre con cierta frecuencia. La situación se le fue haciendo cada vez más absurda. Hatanaka no cambió sus hábitos en ningún momento: continuaba saliendo de noche a beber con su horda de admiradores, que incluía a sus amigos de toda la vida y a estudiantes más jóvenes que él. No pocas veces llamaba a Kōko en mitad de la noche y le decía con voz de borracho: «Anda, ven tú también, venga, que no pasa nada, píllate un taxi y ven, por una vez que vengas no va a pasar nada…». Kōko colgaba indignada, llena de rabia, pensando: «¿Pero de quién se piensa que es el dinero que se está gastando?».

Por entonces Osada ya era amigo de Hatanaka e iba a visitarlos a menudo. Se conocían desde la universidad. Justo antes de la graduación Osada había enfermado y se había ido a su pueblo, donde estuvo en reposo dos años. Durante ese tiempo escribió cartas a Hatanaka, que él le enseñaba a Kōko para que ella también las leyera. Sus textos no tenían ningún sentido, pero estaban redactados de tal manera que era imposible no empatizar.

Casi siempre contaba lo mismo: lo duro que era vivir desempleado, en casa de su madre y sin poder hacer nada debido a su enfermedad, las ganas que tenía de volver a Tokio y ponerse a trabajar. Pero detrás de ese autorretrato a la vez patético y divertido esbozaba una versión caricaturesca de la vida en el campo. También le preguntaba a Hatanaka cómo, teniendo en cuenta que estaba tan desempleado como él, había sido capaz no solo de casarse sino de tener una hija, mientras que él no era capaz de acostarse con una chica ni aunque se lo rogara con una reverencia. De inmediato procedía a contarle el último encuentro que había tenido con alguna muchacha. Parecía una carta escrita, de cabo a rabo, para hacer reír a su destinatario. Y efectivamente, cada vez que Hatanaka recibía una carta suya se reía a carcajadas: «Sigue igual de tonto, no ha cambiado nada. ¡No sé de qué le sirve agobiarse tanto!».

Cuando por fin Osada recobró la salud, y según se fue acercando el día de su regreso a Tokio, a Kōko le sorprendió descubrir que tenía muchas ganas de conocerlo. Pese a ser el mejor amigo de Hatanaka, no lo había visto nunca en persona, y tal vez por eso mismo le daba tanta curiosidad. De hecho, la primera vez que se vieron, Kōko estuvo muy nerviosa. No quería que la ignorara por ser tan solo la mujer de Hatanaka. Osada era más sensible de lo que había imaginado y Kōko temía que en cualquier momento se diera cuenta de las manchas en su matrimonio, por lo que nunca pudo relajarse del todo en su presencia. Veía a Hatanaka reírse a carcajadas y se preguntaba, desconfiada, por qué su marido no le temía tanto como ella.

—Tú es que siempre ligaste mucho, ¿eh, Hatanaka? Ligabas tanto que, para mí, quedar de segundón ya era casi un éxito.

Cuando Osada decía cosas así, medio en broma, Kōko no era capaz de reírse a gusto. No podía apartar de su mente la idea de que Osada estaba observando demasiado de cerca a Hatanaka.

—Es verdad. ¡Mira que yo te pasaba a todas mis chicas, pero ninguna te hacía ni caso! —respondía Hatanaka a carcajadas.

A su regreso a Tokio, ya recuperado, Osada pasó una noche en el apartamento de Kōko y Hatanaka antes de instalarse temporalmente en casa de otro amigo que todavía estaba soltero. Al mes encontró trabajo y se mudó a su propio piso. Tanto su forma de buscar empleo como de elegir su vivienda era radicalmente opuesta a la de Hatanaka. Su búsqueda era minuciosa y constante. A diferencia de Hatanaka, esclavo de su propia belleza, Osada era un joven con los pies en la tierra. Por alguna razón, acaso porque era demasiado meticuloso, no tenía suerte ni en el trabajo ni en el amor, y después de cambiar varias veces de empleo había acabado ejerciendo de periodista en una pequeña revista del sector industrial. «El año que viene seguro que encuentro una mujer con la que casarme», decía siempre, pero ese momento nunca llegaba.

«Ojalá se le pegara algo de Osada a Hatanaka», pensaba Kōko para sus adentros cada vez que los veía juntos. Sin embargo, ocurría lo contrario. Osada, que era menudo y físicamente mucho más débil, idolatraba a Hatanaka, seguía sus pasos y aguantaba con docilidad su malhumor. A pesar de que esto sacaba de quicio a Kōko, terminaba adoptando la misma actitud que Hatanaka, permitiendo que Osada fregara los platos y limpiara el suelo por el mero hecho de ser el único soltero de los tres.

El día en que Kōko le anunció que se separaba de Hatanaka, Osada le soltó una buena regañina. Le reveló por primera vez que sus padres también estaban divorciados y que eso era algo que no le deseaba a nadie: consideraba los divorcios inaceptables salvo en los casos en los que el padre maltrata a sus hijos.

—No creo que haya habido ni una sola vez en que Hatanaka haya tratado mal a la niña. Tienes que negarte a firmar el divorcio. Aguanta un poco. Tratándose de Hatanaka, seguro que vuelve cuando menos te lo esperes.

—Sí, pero no soy tan fuerte como para hacer eso —respondió Kōko asintiendo—. Además, aunque nos divorciemos, él no va a dejar de ser el padre de Kayako. Total, cuando los niños son tan pequeños la influencia del padre es mínima. Y cuando ella crezca podrá verlo siempre que quiera…

Osada no aceptó las excusas de Kōko, y después del divorcio dejó de mostrarse afectuoso con ella. Mantuvo las distancias y dejó claro de parte de quién estaba. Aunque en su momento esto la entristeció, también le permitió darse cuenta de su nobleza. Sin duda él haría cualquier cosa que ella le pidiera, pensó, pero lo cierto era que nunca se veían si no era por algún asunto relacionado con Hatanaka. Durante esos encuentros se limitaban a tomar café mientras se daban el parte sobre la situación entre Kayako y su padre y, una vez puestos al día, cada uno se marchaba por su lado.

El pasado otoño, sin embargo, Osada llamó a Kōko después de un largo silencio. Quería entregarle el regalo de cumpleaños que Hatanaka le había comprado a Kayako. Kōko le respondió que durante el día estaba muy ocupada y no iba a poder escaparse del trabajo, pero que, si era por la noche, podrían verse ese mismo día o el siguiente. Kayako iba a pasar las dos noches fuera en un viaje escolar.

Se citaron a la noche siguiente en una cervecería a la que habían ido juntos los tres, Hatanaka, Kōko y Osada, en un par de ocasiones. Por aquel entonces Kōko dejaba a Kayako con su madre para poder salir, pero la mayoría de las veces quedaban para beber en su apartamento. Osada no toleraba bien el alcohol y se iba durmiendo por las esquinas en cuanto se terminaba una jarra de cerveza. Pero cuando se reencontraron ocho años después, Kōko observó que ya no bebía tan poco, incluso lo notó risueño, y se sintió feliz rememorando el pasado, las cosas que habían hecho y dicho cuando salían juntos los tres.

Después de la cervecería fueron a un bar, y más tarde, por invitación de Kōko, a su apartamento. Bebieron whisky mientras veían la televisión. Osada inspeccionó el lugar con curiosidad y despreocupación. Hablaron del coste del alquiler, del valor económico de ese tipo de pisos y su confortabilidad, compararon gastos mensuales entre los dos y se preguntaron por sus respectivos trabajos.

Cuando concluyó el horario de programación de la televisión, Osada sugirió que se fueran a dormir. Kōko asintió y se levantó para recoger la mesa, pero Osada ya se estaba desvistiendo delante de ella.

Se desnudaron completamente y se entregaron el uno al otro. Se abrazaron con la respiración entrecortada y la emoción de dos niños escondiéndose de los adultos para hacer una travesura. A Kōko le fascinó lo cálido y suave que podía llegar a ser el cuerpo de una persona. Se le había olvidado lo que se sentía al tocar a alguien —ya ni siquiera abrazaba a Kayako— y recordó que ella también tenía un cuerpo igual de cálido y suave. ¿Era posible que hubiera algo más placentero para el ser humano que el tacto de otro? Totalmente entregada, palpó el cuerpo de Osada con su cara, con sus manos y con sus pies, maravillada ante esa sensación que no era ni extraordinaria ni ordinaria, sino simplemente placentera. Se sintió profundamente agradecida por el simple hecho de ser una persona. «Abrázame fuerte, más fuerte», le pidió a Osada una y otra vez, encaramándose a él como una niña pequeña. Quería sentir ese otro cuerpo contra el suyo, comprobar su existencia parte por parte: las piernas, los genitales, el vientre, las costillas. ¿Por qué, incluso tratándose de un físico pequeño y feo, la mera idea de que estuviera vivo le resultaba tan profunda?

Al darse cuenta de la pasión que despertaba en Kōko, Osada se disculpó una y otra vez por sus descuidos en el pasado.

—Incluso hoy, si no me hubieras invitado a tu casa, nunca lo habría sabido. Soy muy torpe con estas cosas. No me imaginaba que pudiera gustarte. Mi indiferencia debe de haber sido muy frustrante para ti… Claro, porque para las mujeres debe de ser muy difícil dar el primer paso…

«Está mejor callado», pensó Kōko. No obstante, respondió a sus palabras con una carcajada. Se alegraba de haber palpado con su cuerpo a otro ser humano, pero no pudo evitar sentir una profunda decepción al darse cuenta de que la excitación de Osada era únicamente sexual. Kōko no podía reducir su felicidad a una cuestión meramente carnal entre hombre y mujer. Si había algo que deseaba de Osada, no era sexo.

Finalmente Osada se quedó dormido y empezó a roncar. Kōko, en cambio, se levantó de la cama varias veces y contempló, con un cigarrillo en la boca, su cara indefensa e infantil.

Cuando era pequeña, en el colegio, todos pensaban que los niños nacían por el solo hecho de que la madre y el padre vivieran juntos. Se acordó de un niño de su clase, con mala cara y de carácter retorcido, del que otros alumnos se habían burlado diciendo: «Por lo visto, para que naciera, su padre tuvo que pegar su cosa a la de su madre».

Qué terrible era que por haber mantenido relaciones sexuales una sola noche una ya pudiera quedarse embarazada, pensó Kōko con lágrimas en los ojos, acariciándole la cabeza a Osada. La sexualidad humana, incluida la suya, le resultaba aterradora. También Kayako era ya una mujer: había tenido su primera menstruación ese verano.

A la mañana siguiente, después de despedir a Osada, Kōko abrió el regalo que Hatanaka le había comprado a Kayako. Era una muñeca de aspecto barato. «¿Hasta cuándo le va a seguir comprando cosas obvias que se nota que elige por compromiso?», se dijo, decepcionada. No esperaba nada caro, pero sí algo más personal. Con regalos como aquel, el creciente desinterés de Hatanaka por su hija se tornaba demasiado evidente. Estaba claro que no se había detenido ni un momento a considerar, antes de entrar en la juguetería, qué le podía gustar a una niña de once años.

Ese mismo día Kōko pasó por un centro comercial y compró un espejo de mano con un marco de madera tallada, y le dio la muñeca a una de sus alumnas de piano. Lógicamente, Kayako esperaba con ilusión el regalo de su padre. Kōko pensó en pedirle a través de Osada que a partir de ahora, como la niña ya era mayor, quizá debería invitarla a comer o a cenar en lugar de regalarle juguetes.

Dos semanas después, Kōko llamó por teléfono a Osada. Se vieron, y después de mantener relaciones sexuales, le habló del asunto de los regalos. «Vale, se lo diré», respondió él.

Se habían visto unas cuantas veces más. Se citaban en una cafetería y luego se iban a un hotel, que era lo mismo que Kōko había hecho de joven, pero esta vez sin sentir culpa alguna. Un día, sin razón aparente, dejaron de llamarse. Parecía que a Osada le empezaba a inquietar la posibilidad de quedar atrapado en la fogosidad sexual de Kōko. Al igual que le había ocurrido a ella con Doi en el pasado, en un principio Osada se había obsesionado con el placer pasajero de sus encuentros y no pensaba más allá del momento, pero pronto empezó a sentir rechazo por esa explosión de deseo mutuo que nacía y moría en un instante. Aunque lo consideraba una reacción comprensible, para Kōko había sido una humillación difícil de soportar.

Ahora llevaban sin verse desde que empezó el nuevo año. Era muy probable que Osada se hubiera olvidado completamente de decirle a Hatanaka lo de los regalos de cumpleaños de Kayako. Pero no podía retrasarlo más. Tenía que verlo y avisarlo de su embarazo, de modo que empezó a planificar su siguiente encuentro. No se veía capaz de tener al hijo de Osada sin hacérselo saber y seguir viéndolo como si nada. Sin embargo, tampoco quería que se preocupara en exceso o que se apiadara de ella. Quizá sería mejor esperar a comunicárselo una vez que fuera demasiado tarde para abortar…

El taxi había parado en una esquina de Ginza. Kōko se mordió el labio inferior mientras sacaba la cartera del bolso. ¿Pero a quién quieres engañar?, se dijo. El hijo que le habría gustado tener era el de Doi, no el de Osada.

Como hacía tan mal tiempo le pidió al taxista que las dejara justo en la puerta del centro comercial de Sukiyabashi, aun sabiendo que tardarían en llegar. Parecía que iba a seguir lloviendo todo el día con la misma fuerza. Por razones obvias apenas había gente caminando por la calle. Pero, al menos, toda esa lluvia era señal de que se acercaba la primavera, pensó Kōko mientras Kayako se bajaba del taxi y ella la protegía con su paraguas.

3

No tendría que haber escogido las *Canciones sin palabras* de Mendelssohn como tema de estudio. Kōko se tapó los oídos y quiso expulsar de la sala a la niña que retorcía sus dedos corvos y manchados de chocolate sobre el teclado. Llevaban ya casi un mes con la partitura, pero los dedos y las notas de su alumna continuaban absolutamente descoordinados. Cometía los mismos errores una y otra vez, semana tras semana, y ni siquiera parecía avergonzarse de ello. Pese a todo, era de las que mejores manos tenían de entre los niños que acudían a sus clases de piano. ¿Quizá esa pieza no era compatible con su carácter? Era evidente que aquello estaba siendo agotador para la profesora, pero también para la alumna, que había empezado a mostrar desde hacía una semana claros indicios de aburrimiento, contoneando su cuerpo sin parar mientras golpeaba el teclado con los dedos.

—Bueno, ya es la hora, terminamos por hoy. Que no se te olvide practicar mirando bien la partitura, ¿entendido? No importa que toques despacio mientras toques las notas correctas. Y otra cosa, a partir de la semana que viene, nada de traer los dedos tan sucios. Te lavas bien las manos antes de venir, ¿de acuerdo? Adiós.

—Adiós —susurró la niña, y salió de la sala despistada.

Todos los niños entraban y salían de la misma manera, balbuceando apenas un hola y un adiós: esas eran las únicas palabras que le dirigían a Kōko. Si les tocaba responder a alguna pregunta lo hacían de la forma más escueta, con un sí o un no, murmurando en un tono de voz casi inaudible y mirando a Kōko con desprecio, como sorprendidos de que pudiera hablar con tanto entusiasmo de temas tan aburridos. Esto, lejos de hacerla callar, solo servía para prolongar sus peroratas.

Con un amplio bostezo, Kōko se trasladó a la siguiente sala. Un niño estaba practicando Hanon pacientemente. Kōko se sentó junto a él y miró el reloj: eran ya las tres. Tendría que haber recibido una llamada a las dos. ¿Debía suponer entonces que Kayako había suspendido? No le parecía bien que su hija la dejara con la incertidumbre, impaciente; debería haberla llamado para por lo menos comunicarle el resultado. Pensó en contactar a su hermana y preguntarle directamente, pero tampoco le iba a servir de mucho adelantarse una o dos horas al momento de la verdad, y en todo caso prefería no hablar con ella mientras no supieran las notas del examen.

El niño continuó tocando Hanon a su ritmo, preocupado en exceso por la posición de sus dedos. Kōko no recordaba qué indicaciones le había dado la semana anterior. Seguramente le había dicho que no doblara tanto los dedos y mantuviera las puntas rectas.

En silencio, miró por la ventana, que daba al interior de la tienda de instrumentos musicales dentro de la cual se encontraba la escuela. Justo debajo de la ventana estaba la sección de discos; a la derecha, los instrumentos de viento metal, y en el escaparate que daba a la calle había un piano blanco de cola. Aquella ventana interior estaba construida a propósito en mitad de la tienda para que los clientes pudieran ver la escuela de música por dentro. Al otro lado del cristal azulado, Kōko y sus estudiantes se movían en silencio como peces en un acuario. Al principio, cuando empezó a dar clases allí, a Kōko le incomodaba que la vieran los clientes de la tienda y se escabullía al pasillo cada vez que quería bostezar. Sin embargo, muy pronto se percató de que nadie se detenía a mirar lo que ocurría al otro lado. Como mucho el gerente se paseaba de vez en cuando y echaba un vistazo a las cinco ventanas que estaban en lo alto para supervisar la actividad de Kōko. Y, en cualquier caso, era imposible que pudiera ver lo que ella hacía a tanta distancia, salvo que se tratara de movimientos exagerados.

—Muy bien, has mejorado mucho. Sigue así y acelera un poco el tempo, así: tac-tac-tac-tac-tac.

El niño se puso nervioso y, al intentar seguir las indicaciones de Kōko, lo único que consiguió fue perder la posición de los dedos y estropear la melodía.

—¡Pero qué haces! —exclamó Kōko decepcionada. El alumno se encogió y la miró de reojo.

En ese momento alguien tocó la puerta de la sala. Kōko respondió en voz alta y se apresuró a abrir: tal y como esperaba, era una llamada telefónica para ella.

Kōko corrió hacia la oficina.

Efectivamente, era Kayako. ¿Habría aprobado? ¿Cabía esa posibilidad? Kōko se lo preguntó directamente, a bocajarro, casi emocionada.

—Dime, ¿cómo ha ido? Anunciaban los resultados a la una, ¿verdad?

No hubo respuesta por parte de Kayako. Kōko elevó la voz y repitió la pregunta.

—Dime, ¿sabes algo?

—Sí… No he aprobado…

La oyó sollozar como una niña pequeña. Parecía que ya no sentía la necesidad de reprimir el llanto ahora que estaba al otro lado del teléfono. Kōko se giró, se colocó de espaldas a los empleados de la oficina y ocultó el auricular que sostenía en la mano. Nunca había pensado que ella misma se sentiría tan defraudada. Pero ahora se daba cuenta: en el fondo deseaba que el esfuerzo de su hija fuera recompensado. Además, una cosa era aprobar el examen y otra muy distinta matricularse en ese instituto. Aun así, era improbable que la causa del suspenso fueran sus notas. Entonces, el motivo debió de ser aquel otro… Kōko recordó el sobre con la copia del libro de familia que había solicitado en el ayuntamiento para el examen de Kayako, y sintió que la carcomía la culpa. Intentando serenarse a duras penas, dijo:

—Ah… Vaya, lo siento. Pero no te lo tomes muy a pecho, ese instituto no es perfecto, como no lo es ningún otro, los públicos tampoco. Todos tienen ventajas e inconvenientes. Además, esos exámenes no miden tu capacidad real, dependen más de la suerte…

—Pero es que… después de esto ya no puedo volver a casa de la tía… Ya no quiero estar ahí… —dijo Kayako entre sollozos.

—¿Dónde estás ahora?

—En casa. Está hecha un asco, como siempre. Me he quedado helada.

—Anda, no digas tonterías. Me alegro de que estés ahí. Volveré sobre las seis, podríamos ir a cenar fuera las dos, ¿no te parece? ¿O quieres acercarte? ¿Quedamos por aquí?

—Sí…

—Muy bien, pues aquí nos vemos. Espérame junto al escaparate de la entrada principal. A las cinco y media, ¿de acuerdo?

—Sí, sí. Ah, y otra cosa: todavía no se lo he dicho a la tía.

—No te preocupes, yo la llamo y se lo digo.

—Lo siento… —Kayako volvió a llorar con fuerza. Kōko se sintió avergonzada, sin saber muy bien qué decir.

—No hay por qué disculparse. Nos vemos aquí a las cinco y media, ¿vale?

Kōko colgó el teléfono, pero fue incapaz de dar un solo paso.

—¿Te pasa algo, Mizuno? —le preguntó una de las oficinistas. Era una de las empleadas más veteranas. Tenía unos cuarenta años y seguía soltera. Aunque era buena persona, sus compañeros no le tenían mucho aprecio, y de hecho Kōko tampoco lograba sentir ninguna simpatía por ella.

—Es mi hija. Cuanto más mayores, más problemas dan.

—Comprendo, mucho ánimo. Oye, ¿no has puesto un poco de peso últimamente?

—¿Sí? Ahora que lo dices, puede que sí. Bueno, tengo que volver a mis clases, he dejado a los niños solos. Gracias.

De regreso a la tercera planta Kōko no le quitó ojo a su barriga. Sin duda la gente empezaría a darse cuenta muy pronto. Estaba casi de tres meses. ¿Pero desde cuándo la barriga crecía tan rápido? Había vuelto a engordar dos kilos en la última semana; ahora estaba nada menos que en cincuenta y cinco. Acababa de pesarse en una casa de baños hacía dos días. Incluso empezaba a quedarle pequeña su ropa habitual, pero como a diario solo trataba con niños, no le había dado importancia a su aspecto. De todas formas, sus alumnos la veían como una especie aparte.

En cuanto a Kayako, parecía que de momento se había aclarado un poco las ideas, pero ¿y ella? ¿Qué debía hacer? De pronto la invadió la incertidumbre. Le aterraba la manifestación física del cambio que se estaba produciendo en ella. Pese a que se encontraba cada día peor, su apetito no cesaba de aumentar. Incluso ahora, que sentía que todas sus venas estaban blancas y recubiertas de escarcha y sus extremidades temblaban de frío, no hacía más que salivar pensando en dónde cenaría esa noche con Kayako: tenía un hambre feroz.

Mientras caminaba por el pasillo vacío, Kōko no pudo contener el llanto.

De vuelta en las salas de piano, se volvió a rodear del sonido de los niños tocando. Era lo mismo de siempre: Bayer, Hanon, Czerny.

Algunos días de la semana le tocaba estar sola por las tardes con una veintena de alumnos. En circunstancias normales eso habría supuesto para ella una suma considerable de dinero, pero la realidad era que su sueldo mensual apenas le llegaba para cubrir los gastos de su vida con Kayako. Aun así, podía considerarse afortunada: llevaba tres años trabajando en ese lugar sin tener un título académico en música. En muchos casos sus clases eran parte del servicio posventa que ofrecía la tienda a quienes compraban un piano, por lo que la mayoría de sus alumnos eran niños que nunca antes habían puesto un dedo sobre el teclado. Además, cambiaban constantemente: cada poco dejaban de venir unos y llegaban otros. Precisamente por el escaso nivel de exigencia, el trabajo era ideal para Kōko, pero le habría gustado escuchar una melodía bien interpretada de vez en cuando...

De pronto, mientras le enseñaba a su alumno a subir y a bajar el dedo índice, se acordó de Michiko, la amiga que la había recomendado para ese puesto. Hacía mucho que no la veía, más de un año; quizá era el momento de quedar con ella y pedirle consejo. Michiko estaba casada, pero no había podido tener hijos. Seguramente seguiría como siempre, dando clases particulares de piano con su alegría habitual. Dos años antes había invitado a Kōko a un recital de sus alumnos, el primero que organizaba desde que remodeló su casa y la habilitó para montar allí mismo una pequeña escuela de música. Cuando recibió la invitación, Kōko decidió asistir con Kayako.

Michiko y ella habían ido a la misma escuela de piano desde pequeñas, hasta que Kōko consideró que aquello del piano era solo un juego para señoritas finas y decidió estudiar literatura en la universidad, mientras que Michiko prosiguió sus estudios musicales en un centro privado. Pese a ello, Kōko continuó, por pura inercia, yendo a clases de piano durante la carrera. Un día su profesora le consiguió unas alumnas, y como las clases de piano estaban mucho mejor pagadas que las de asignaturas generales, las aceptó de buena gana. Eran dos hermanas que estaban cursando primaria. Fue así como Kōko empezó a ganarse la vida enseñando piano.

Hasta antes de separarse de Hatanaka no había pensado nunca que hacerse pasar por profesora de música fuera su única salida laboral. Sabía que era un fraude, pero se trataba de un trabajo que no requería esfuerzo por su parte y que le daba un buen dinero, por lo que incluso se sentía orgullosa. Sin embargo, cuando se fue a vivir a solas con Kayako se empezó a cuestionar su autocomplacencia, y fue entonces cuando le pidió ayuda a Michiko, que por entonces daba clases en una escuela de piano que pertenecía a una fundación. Michiko utilizó de referencia a su propia profesora de universidad para recomendarla en la tienda de instrumentos, donde Kōko podría por fin tener un trabajo más estable.

Si Kōko había podido vivir su día a día hasta ahora con más o menos libertad, sin plegarse a normas impuestas, había sido gracias a Michiko. Sin embargo, no sentía que su amiga tuviera una vida demasiado distinta a la suya, y quizá por eso nunca le había expresado abiertamente su agradecimiento.

Durante el recital de los alumnos de Michiko hacía dos años, Kōko cayó por primera vez en la cuenta de que había dejado escapar, de la manera más tonta, todas las cosas importantes de su vida, y de que ya no le quedaba ningún apoyo. De pronto tuvo miedo de sí misma. Ni siquiera había sido capaz de enseñarle piano a su propia hija. No solo no había sabido darle nada, sino que le había arrebatado lo poco que tenía para continuar ella con su vida egoísta. Si al menos su madre estuviera viva tendría a alguien que la enderezara, pero había muerto seis meses antes de aquel recital. Ahora sí que no le quedaba nada.

Aquel día había enviado un ramo de flores a la escuela de música de su amiga y se había ido a casa. No había vuelto a ver a Michiko, sin duda por temor a sentir otra vez la misma angustia que le había sobrevenido durante el concierto. Pero precisamente porque Michiko era tan modélica, quizá fuera la persona adecuada para ayudarla ahora. El hecho de que ella no hubiera podido tener hijos era una gran ventaja. Seguramente sabría ser honesta con Kōko y le diría las cosas sin piedad. Sí, eso era, debía llamarla esa misma noche.

Terminó la jornada de aquel día con un niño que asistía a clases de piano por primera vez. Tenía siete años e iba acompañado de su madre, que esperaba sentada en un rincón de la sala, más nerviosa que su hijo. No fue una clase propiamente dicha, sino una sesión informativa sobre los libros que deberían comprar en la sección de partituras de la tienda, otras partituras de referencia, unos cuantos discos que el niño podía escuchar y la necesidad de practicar todos los días aunque fuera un ratito, a ser posible con sus padres. La madre asintió una y otra vez y explicó con todo lujo de detalles que su marido era amante de la música y que su hijo era un niño de carácter difícil al que le costaba hacer amigos, pero que tal vez así pudiera llegar a ser un hombre amable y de buen corazón. Kōko escuchaba con una sonrisa en la boca. Cualquier otro día habría procedido a enseñarle a leer las primeras notas, pero se encontraba demasiado mal. Mientras ella y la madre hablaban, el niño contemplaba el interior de la tienda con la frente pegada al cristal. ¿No había sido Kayako así de pequeña hacía muy poco? La figura de espaldas del niño le trajo a la memoria su época con Doi.

A menudo había ido de compras con él y con Kayako, entre otros a un centro comercial que estaba cerca de la tienda de instrumentos.

Los fines de semana, cuando Kōko invitaba a Doi a pasar la noche en su casa, a la mañana siguiente le costaba horrores desprenderse de él y dejarle volver con su familia, y a Doi también se le hacía difícil levantarse e irse. Entonces, sin que nadie le pusiera palabras al silencio, decidían ir los tres a deambular por la ciudad. Pero eran caminatas sin rumbo: salían por el mero hecho de salir. Además, era difícil pensar en un lugar agradable donde pasar el rato cuando en realidad lo que querían era quedarse juntos en el piso sin hacer nada. Alguna vez fueron al zoo o al parque de atracciones para entretener a Kayako, pero no era un plan que pudieran repetir cada fin de semana.

Doi eludía siempre la carga de tener que elegir a dónde ir, y cuando veía que Kōko no se decidía por ningún lugar, lo resolvía diciendo que de todas formas no había nada divertido que hacer en la ciudad, y terminaban los tres en una cafetería cercana. Doi se marchaba después de un café rápido, dejando a Kōko rabiosa y arrepentida como una niña que se ha quedado sin su premio por haberse portado mal. Para evitar tales situaciones, Kōko había decidido que la mejor opción era ir a un centro comercial.

Doi estaba dispuesto a ir a cualquier lugar, por lejos que estuviera, siempre y cuando fuera Kōko quien lo eligiera.

Sin duda los centros comerciales eran una solución práctica para lo que buscaban, que era pasar la mañana. Algunos tenían en la azotea un pequeño zoo, un parque con atracciones infantiles, un acuario, un jardín botánico y hasta una sala de teatro. Eran, todas ellas, actividades que ofrecían una diversión ligera sin necesidad de hacer grandes planes. También podían entretenerse durante horas hojeando libros en alguna librería o mirando artículos de pesca en la tienda de deportes, o curioseando en la sección de instrumentos, por no mencionar la zona gourmet del sótano, que nunca se perdían. Si veía alguna lata de importación, Doi la compraba y se la regalaba a Kōko, o a veces compraba dos y se llevaba una a casa.

Después comían en alguna de las cafeterías del sótano y cada uno se iba por su lado. Las dos despedían a Doi de muy buen humor y satisfechas. Kōko aceptaba que ya no tenía derecho a robarle ni un minuto más. Sin embargo, una vez que se quedaba sola con Kayako se volvía a sentir perdida en ese lugar que, al fin y al cabo, no tenía ningún interés para ella. Pese a ello, sentía que no se podía marchar de inmediato, y a menudo arrastraba a Kayako hasta las tiendas de ropa infantil o de artículos de cocina antes de regresar a casa.

Una vez, Doi se había detenido en una farmacia a comprar vitaminas. Mientras el farmacéutico las buscaba en la trastienda Kōko le preguntó qué tipo de pastillas eran.

—Nada, un encargo —dijo Doi, pero cuando el farmacéutico volvió con el frasco pudo ver que se trataba de un suplemento para embarazadas.

—No me digas que vas a tener otro hijo —le dijo con una risa burlona. Había estado convencida de que la mujer de Doi ya no se quedaría embarazada a esas alturas.

—La verdad es que sí. Pero ¿a ti qué más te da? No creo que sea algo que te importe mucho.

Cinco meses después nació el segundo hijo de Doi.

¿Habría escuchado Kayako todo aquello? ¿Se enteraba de esas cosas?, se preguntaba Kōko ahora mirando fijamente la espalda del niño. Por aquella época llevaban ya tres años recorriendo centros comerciales con Doi, es decir, Kayako había pasado de tener cinco años a tener ocho. Era posible que recordara cada escena con mayor nitidez que ella misma.

Cuando Kayako era pequeña a Kōko nunca se le ocurrió pensar que los niños tienen memoria y son capaces de recordar. Más bien se había persuadido a sí misma de que era mucho mejor que su hija la viera sonriente en compañía del hombre al que amaba en lugar de ser una de esas madres tristes y solitarias que fruncen los labios con los hombros tensos. Quien tenía los labios siempre fruncidos y sin pintar era su propia madre. A diferencia de su hermana Shōko, Kōko tenía como único referente a una mujer que había protegido a sus hijas contra viento y marea después de haber perdido a su marido, y que parecía diez años más vieja de lo que era. Kōko nunca la había visto relajada, y de pequeña la temía por ello. La odiaba incluso.

El reloj marcó las cinco y media. Kōko acordó con el niño y su madre que se verían la siguiente semana, y una vez que se marcharon empezó a recoger a toda prisa. Dejó las cinco aulas de piano bien ordenadas, las cerró con llave, llevó las llaves y la lista de asistencia a la oficina, y fichó. A las seis y media llegarían los profesores del turno de noche. Había un total de cinco instructores trabajando solo para la tienda, y de esos cinco, Kōko era la que menos horas hacía.

—¿Ya has terminado? Me encantaría volver contigo, pero hoy me toca salir tarde. ¡Qué le vamos a hacer! Pero ¿por qué no vamos a cenar un día de estos a un sitio cuco? —Era, de nuevo, la oficinista de antes.

—Sí, claro, me encantaría —respondió Kōko sin poder dejar de pensar que, si finalmente decidía tener al bebé, tendría que dejar su trabajo.

—¡Quiero comer hasta hartarme y poner peso, como tú!

—¿Tan gorda se me ve?

—No, no, lo justo. Antes estabas demasiado delgada.

—¿Sí? No sé, yo no me lo noto... Bueno, hasta luego.

Kōko se despidió con una sonrisa y salió de la oficina a toda prisa. En realidad, no tenía que dimitir solo porque fuera a tener un hijo. Es más, no estaba dispuesta a dejar el trabajo a estas alturas, ahora que había conseguido hacerse pasar por una profesional de la música. Quizá fuera el momento de pedir que la hicieran fija. ¡Cuánto mejor sería! No solo ganaría más; tendría, además, seguro médico y baja maternal. No, no tenía ninguna intención de dejar el trabajo después del parto, pero... ¿era eso realista? No estaba segura. En los tres años que llevaba allí no había entablado amistad con nadie en la oficina, pero todos se habían mostrado muy comprensivos con ella y con su situación como madre soltera. Nadie se quejaba cuando Kōko llegaba un poco tarde o se iba pronto, dando por hecho que su vida era más dura que las de los demás.

Pero no, si iba a tener un bebé sería mejor dejar el trabajo. Al final no podía evitar llegar a esa conclusión. Quizá inconscientemente esperaba que, llegado el momento, Michiko le volviera a encontrar una nueva fuente de ingresos.

Kayako esperaba apoyada sobre el escaparate donde estaba el piano blanco de cola, con la vista alzada hacia un edificio viejo que había en la acera de enfrente. Llevaba puesto el jersey blanco que Kōko le había comprado diez días antes, después de la entrevista en el instituto. Estaba ensimismada, con la boca ligeramente abierta, y no se percató de la presencia de su madre a su lado.

—Te vas a convertir en un pececito si sigues así, con la boca abierta —dijo Kōko colocando su mano sobre la cabeza de Kayako.

—Ah, eres tú, mamá —susurró Kayako sin una pizca de asombro.

Kōko no sabía si se la iba a encontrar llorando o si se lanzaría a sus brazos en busca de consuelo. No se sentía con fuerzas para darle ese tipo de apoyo. Por eso se acercó a ella con cautela, pero sintió un gran alivio al ver que su hija estaba mucho más tranquila que cuando hablaron un poco antes por teléfono.

A petición de Kayako fueron a cenar a un restaurante chino. Como era hora punta tuvieron que esperar más de media hora en la entrada hasta que quedó libre una mesa. No era un restaurante que Kōko frecuentara a menudo, pero había comido allí con Osada el año anterior. No recordaba qué tipo de conversación mantuvieron, pero se acordaba muy bien de lo rico que estaba el salteado de gambas con tofu. Después del sexo siempre tenía muy buen apetito… Hoy tenía pensado pedir lo mismo.

Kayako miró el decorado chino del restaurante con curiosidad.

—¿A qué viene tanto asombro? ¡Ni que fuera la primera vez que vienes a un lugar como este! —le dijo Kōko entre risas.

—Es que… sí es la primera vez —respondió Kayako bajando la vista al suelo apresuradamente.

—¡Qué dices! Hemos estado en varios restaurantes chinos, ¿no te acuerdas?

—Pues no…

—Íbamos a muchos cuando estabas en la guardería. Claro que no eran tan lujosos como este. Pero… ¿sabes qué? Cuando todavía estaba papá, un día fuimos a uno que era todavía mejor —dijo Kōko, ella misma extrañada de que aquello hubiera ocurrido de verdad y de que lo estuviera recordando ahora por primera vez.

Para Hatanaka el dinero era algo que podía manar de cualquier lugar en cualquier momento. Mientras que Kōko miraba los precios con atención, casi con tacañería, cuando hacía la compra, Hatanaka era capaz de pedir dinero solo para llevar a Kōko a cenar a algún restaurante de lujo. Siempre parecía tener a alguien dispuesto a prestarle lo que necesitara, y pese a que probablemente nunca saldó ni una sola de sus deudas, se las ingeniaba para que la gente no le guardara rencor. A Kōko no le gustaba deberle nada a nadie, los préstamos de Hatanaka se le antojaban un truco de magia. Claro que por aquel entonces no se le habría ocurrido elogiar su talento como mago; estaba demasiado preocupada por su actitud con respecto al dinero. No es que fuera un estafador, no tenía mala intención. Simplemente se le daba fatal gestionar la economía familiar.

Sin embargo, ahora que lo recordaba diez años después, no podía sino admitir que la persona que más experiencias nuevas les había aportado a ella y a Kayako había sido Hatanaka, y que en sus vidas no hubo época más estimulante que aquella. No le cabía duda alguna de que por lo menos fue así para Kayako. Al fin y al cabo, que a Hatanaka le divirtiera llevar a su hija a un restaurante de lujo y gastar a lo loco sabiendo que el dinero no era suyo, y que Kōko pasara vergüenza acompañándolos, solo demostraba lo jóvenes e inmaduros que eran todavía.

¡Cómo añoraba ahora la alegría ligera y libre de culpas de aquellos tiempos! Empezaba a pensar que había hecho mal en preocuparse únicamente por la irresponsabilidad de aquellos actos y no tratar de disfrutarlos en el momento. ¿No importaba más, acaso, la felicidad que habían generado?

—¿Con papá? No sabía...

A Kayako se le adelgazaba la voz siempre que hablaba de su padre. Se ponía tímida, como si la deslumbrara o le atemorizara la palabra «papá».

—¡Sí! Fuimos a sitios a los que nunca podríamos ir ahora. No sé cómo se nos ocurría ir a esos restaurantes, y encima con un bebé. No teníamos mucho dinero, pero a tu padre le sobraba el tiempo, así que... fuimos unas cuantas veces.

—Pero... ¿no estaba muy ocupado con sus estudios?

—Bueno, más o menos...

Un camarero se acercó a ellas y las invitó a sentarse en una mesa. Kōko se levantó con ímpetu, agradeciendo lo oportuno del momento. Era imposible transmitirle a Kayako quiénes habían sido ella y su padre en aquella época. ¿Cómo contarle que estaban siempre de fiesta gastándose un dinero prestado que no tenían forma de devolver? Cuando salían, porque salían, y cuando no salían, porque recibían a sus amigos en su casa. En realidad, lo único que hacían era huir del momento en el que inevitablemente tuvieran que quedarse a solas y mirarse a los ojos.

Hasta que Kayako cumplió los nueve años, a Kōko le había bastado con decirle a su hija que su padre se había tenido que mudar a algún lugar lejano. Kayako no hacía preguntas;

no mostraba demasiada curiosidad por el tema. Sin embargo, al comienzo de cuarto curso había empezado a preguntar tímidamente si no sería posible ir a ver a su padre. Después de pensárselo mucho, Kōko llamó a Osada para organizar un encuentro entre padre e hija en un restaurante. Ese día, Kayako lo pasó entero con Hatanaka. Comieron juntos, fueron al parque de atracciones y se tomaron un helado de máquina mientras veían una obra de teatro para niños en la que aparecía un célebre personaje de televisión infantil.

Para prepararla mentalmente, la noche anterior Kōko le había comentado brevemente a Kayako que cuando su padre y ella se separaron estaban atravesando un momento complicado, en parte porque él estaba muy ocupado con sus estudios. No parecía probable que él fuera a sacar el tema, a no ser que ella le preguntara directamente, así que lo dejó ahí.

Era cierto que en aquella época Hatanaka lo estaba pasando mal con los exámenes, y de hecho había decidido por su cuenta que, hasta que no aprobara la Prueba de Acceso a la Abogacía, su única obligación sería sentarse en su escritorio a estudiar. En ningún momento mostró intención alguna de aportar algo de dinero a la precaria economía familiar, y eso fue lo que, en última instancia, se convirtió en el motivo del divorcio. Sin embargo, cuando lo recordaba ahora, diez años después, no podía evitar preguntarse, perpleja, por qué habían tenido que divorciarse, obviando cada una de las razones que la llevaron a ello, desde los préstamos morosos hasta la infidelidad de Hatanaka, razones que en su momento se le habían grabado en la memoria como las llamas de un fuego que lo devora todo. Pero desde el presente todo parecía más sencillo de pronto: solo habían sido unos pobres ingenuos que no sabían nada de la vida. No era más que eso.

Conforme Kōko fue contándole a Kayako más cosas sobre su padre, también fue aumentando su sentimiento de culpa. A juzgar por lo incrédula que se mostraba su hija, parecía estar preguntándose por qué su madre la había apartado de él si parecía tan bueno y encantador, y Kōko no podía por menos que compartir esa misma duda y cuestionarse su decisión. «Es verdad. ¿Por qué nos separamos, con lo bien que nos lo pasábamos juntos?», llegaba a preguntarse, casi convencida de que había cometido un error. Eso sí, se aseguraba de ocultarle a Kayako los detalles que la hicieran quedar mal ante ella, y a veces le entraban unas ganas irrefrenables de despotricar de Hatanaka, pero como tampoco era capaz, al final se dejaba llevar por la culpa, cambiaba de tema y huía hacia delante.

Kayako había empezado a mostrar curiosidad por ver a su padre apenas tres meses después de que Kōko pusiera fin a su relación con Doi.

Mientras su hija pasaba el día en el parque de atracciones con Hatanaka, Kōko había vuelto una y otra vez al recuerdo de Doi, martirizándose y arrepintiéndose del tiempo perdido. ¡Debería haber tenido un hijo con él! Se odiaba a sí misma por no haberlo hecho cuando tuvo ocasión. ¡Un solo bebé podría haber cambiado tantas cosas, podría haber construido nuevos mundos! Ese error del pasado las había dejado a las dos solas y abandonadas. Y el sentimiento de soledad se había vuelto aún más punzante cuando por la tarde había ido a la estación de tren a la hora acordada para recoger a Kayako y había visto cómo la tensión en la cara tanto de la hija como del padre se tornaba en alivio al verla llegar.

Kayako por fin se decidió a hablar del resultado del examen después de pedir su plato de comida, ya sentada en la mesa y apaciguada. Su voz sonaba natural; no parecía estar esforzándose en contener unas emociones que la sobrepasaban, como le había parecido a Kōko en la tienda de instrumentos. De hecho, la niña habló sin ningún esfuerzo.

—En realidad, nunca tuve mucha esperanza. No paraba de tener pesadillas en las que suspendía el examen.

—Pero conmigo te mostrabas totalmente segura, ¿eh? —respondió Kōko buscando la misma ligereza de tono.

—Es que no puedo ir diciéndole a la gente que no tengo confianza en mí misma.

—Tienes toda la razón —dijo Kōko entre risas—. No podemos enseñar nuestras debilidades a los demás.

—Claro que no —dijo Kayako con ímpetu. Kōko soltó otra carcajada.

—Bueno, al menos ya no hay incertidumbre. Sabes lo que hay. Eso es un alivio, ¿no? ¿Qué has hecho hoy?

—Ver la tele en casa.

—Ya…

—¿Llamaste a la tía para decírselo?

—Ay no, se me olvidó por completo.

—¡Mira que te lo pedí!

Al notar que la voz de Kayako se ensombrecía, Kōko se apresuró a tranquilizarla.

—Pero no te preocupes: seguro que, como no llamabas, se habrá enterado por su cuenta. Luego la llamamos desde casa.

—No, porque entonces voy a llegar yo antes de haberla llamado…

—¿Cómo que vas a llegar antes?

—A casa de la tía.

Cuanto más se debilitaba la voz de Kayako, más fuerza ganaba la de Kōko.

—¿A casa de la tía? ¿Vas a ir para allá? Pero… ¿no decías que ya no querías volver? ¡Eso me dijiste antes!

Kayako infló los mofletes y se quedó callada. Miró a su alrededor y luego a Kōko, como avergonzada de que la gente en el restaurante pudiera estar presenciando la agitación de su madre. Esto irritó aún más a Kōko. «No soy yo la que no controla sus emociones ni sabe contenerse, mamá, eres tú», parecía estar recriminándole su hija.

—Yo… yo… estaba convencida de que a partir de hoy… De hecho…, ¿dónde… se ha visto que una niña decida que va a vivir aquí o allí según le venga en gana? Lo que te pasa es que estás muy consentida. Además, no sé cómo se te ocurrió pensar que ibas a entrar en ese instituto tan selecto. Tú estás hecha de otra pasta. Aunque no lo parezca, yo también pienso y tengo mis opiniones, ¿sabes? Así que vas a volver ya a tu casa, donde tienes que estar.

Kōko terminó de hablar con la respiración entrecortada y apartó la mirada de la cara arrebolada e iracunda de Kayako. No podía. No podía regañarla, pensó. Había algo que se lo impedía. Por mucho que Kayako le respondiera o incluso la insultara, no podía culparla únicamente a ella. ¿Acaso no era Kōko la que había estado viviendo a su libre albedrío, yendo de acá para allá a su antojo? ¿No sería quizá ella la que se negaba a comprender que sus actos no eran razonables?

—¿Ah, sí? ¿Tienes tus opiniones? Pues dímelas, que quiero oírlas.

Kōko tuvo miedo. Le aterrorizaba que su hija le respondiera así.

El camarero trajo la comida y Kōko le ayudó a colocar los platos sobre la mesa con una sonrisa en los labios.

—¡Qué buena pinta! Sírvete todo lo que quieras, que tienes que comer —le dijo a su hija como si nada hubiera pasado. Kayako se puso de pie. Tenía la punta de la nariz colorada—. ¿Qué pasa? ¿Qué te ocurre?

La niña observó el rostro de su madre. Sus ojos estaban secos. También Kōko miró a su hija. Tenía rasgos de ella y de Hatanaka. ¿Cómo era posible que, siendo un ente independiente, se pareciera tanto a su padre y a su madre? ¡Qué cosa más extraña! Kōko recordó una lámina ilustrada para niños que cambiaba de imagen dependiendo del ángulo desde el que se mirara. Del lado derecho Kayako se parecía a su madre y del lado izquierdo a su padre, pero si se la miraba de frente, no era la cara de ninguno de los dos, sino la suya propia.

—¿Tienes que ir al baño? —preguntó, temiendo mirarla a los ojos.

Kayako negó ligeramente con la cabeza.

—No esperes que vuelva.

Y, dicho esto, salió corriendo por la puerta del restaurante. Kōko fue tras ella a toda prisa, pero la perdió de vista en cuanto salió a la calle. Los rincones en los que Kayako podía esconderse de su madre eran infinitos. Kōko se resignó, volvió al restaurante y se sentó a la mesa. El camarero le preguntó si iba a continuar comiendo y Kōko decidió que, ya que estaba, comería todo lo que pudiera. Seguramente Kayako deambularía un rato por la ciudad y luego, cuando el hambre se le hiciera insoportable, regresaría a casa. ¿Pero a qué casa? Seguramente no a la suya, no le parecía probable después de todo lo que había pasado. Lejos de saber darle a su hija lo que necesitaba, Kōko se dio cuenta de que tenía las mismas necesidades que ella.

Cuando terminó de comer, se acercó al teléfono público que había en la entrada del restaurante y asió el auricular. Miró el reloj de la pared mientras marcaba el número de su hermana. Eran las siete y media. Evocó la imagen de Kayako contemplando los escaparates iluminados de las tiendas con la boca medio abierta. Era todavía pronto, no tardaría menos de una hora en recorrerse la zona. Ahora que lo pensaba, era la primera vez que Kayako paseaba de noche por Ginza desde que tenía uso de memoria. Siempre había creído que era una niña con más mundo que otros porque, por las circunstancias de sus padres, había visitado muchos lugares diferentes, pero ahora se daba cuenta de que su hija no conocía nada.

Era cierto que, cuando Doi aún estaba en sus vidas, él y Kōko se llevaban a Kayako a todas partes. Pero nunca habían hecho las cosas que hacen las familias en verano, como ir a bañarse a la playa o hacer senderismo. Más adelante, cuando Kōko dejó su relación con Doi, Kayako ya tenía nueve años y era lo suficientemente mayor para quedarse sola en casa, de modo que si salía con ella era para ir a la compra y poco más. En todo caso, no iban más allá del supermercado de la esquina. Cuando se quiso dar cuenta, el mundo de Kayako se había reducido a las cuatro calles que rodeaban su casa.

Kōko colgó el teléfono y salió del restaurante. Caminó hasta la estación de metro y regresó directa a su piso: su hija no estaba allí. Encendió la estufa de queroseno y, después de lavar la tetera y la taza que Kayako había debido de utilizar al mediodía, llamó a su hermana. Al oír la voz de Kōko su hermana empezó a gritar con tal ímpetu que parecía que estaba mordiendo el teléfono.

—¿Dónde está Kaya? ¿Qué ha pasado? No ha vuelto desde que se fue a ver los resultados del examen.

Por puro acto reflejo Kōko dirigió la vista al reloj que tenía colocado encima de la nevera. Había pasado una hora desde que comprobó la hora en el restaurante chino.

—Yo creo que estará a punto de llegar a tu casa…

Kōko le contó con detalle todo lo ocurrido, desde la llamada que recibió de Kayako al mediodía hasta cómo se levantó y se fue del restaurante cuando estaban empezando a cenar.

—Pero... ¿por qué ha tenido que hacer algo así?

—No sé muy bien, debía de estar muy decepcionada con eso de haber suspendido el examen...

—Vaya actitud, también... Espero que no le haya pasado nada...

—¿Actitud?

—Bueno, lo importante es que vuelva sana y salva, pero... me gustaría que fuera más consciente de lo que sufrimos los demás.

—Sí es consciente, aunque no lo parezca. Yo te agradezco mucho que te preocupes tanto por mi hija, pero toda esta preocupación se ha vuelto una carga para ella —dijo Kōko nerviosa.

«¡Kayako es mía!», quiso gritar. No quería tener que razonarlo ni argumentarlo, tan solo dejar claro que era suya.

—Pero ¿qué dices? Te tienes que calmar, ¿eh? Aunque Kayako todavía sea pequeña es más sensata que tú. Seguro que no le va a pasar nada. ¿Por qué no vienes y la esperamos juntas? ¿Te parece? Así yo también me quedo más tranquila...

—No. Dijo algo así como que tenía ganas de volver a vivir en casa, de modo que tengo que esperarla aquí.

—¡Pero qué tontería!

—¿Cuál es la tontería?

—¿Cómo que cuál?

Su hermana hablaba sosegada y con total control de su voz. Kōko recordó que de niña su hermana la había visto llorar y se había reído, quitándole importancia. Kōko estaba cursando la enseñanza media,[10] tendría trece o catorce años. Lloraba porque acababa de ver morir a su perro enfermo. «No es para tanto», le había dicho su hermana. De pronto se dio cuenta de que no serviría de nada contestarle y enfadarse con ella. Era como una lucha de sumo sin contrincante: Kōko era la única que podía salir perdiendo. No había un ápice de titubeo ni debilidad en la voz de su hermana.

—Bueno, cuando llegue a tu casa dile por favor que me llame inmediatamente, que yo la estaré esperando aquí —dijo Kōko.

—Sí, por supuesto, se lo diré, pero deberías aprovechar esta situación para ponerte un poco en su lugar. La niña se siente sola. No tiene padre y tú estás más preocupada por tu propio estado emocional que por el suyo. Puede que de momento lo esté llevando bien, pero imagínate que un día se lo replantea todo y decide que quiere acabar con su vida. Piénsalo bien. Yo ya tengo listas vuestras habitaciones para que os mudéis las dos a mi casa. Me estoy imaginando lo contenta que se pondría Kaya…

—Gracias, pero… lo siento, no.

Kōko colgó el teléfono. Volvió a mirar la hora: faltaban cuatro o cinco minutos para las nueve. No lograba acordarse de las palabras exactas que le había dirigido a Kayako en el restaurante chino. Lo que sí recordaba era el profundo disgusto que se había llevado cuando su hija le anunció que no tenía intención de volver a su casa, al seno de su madre. Estaba tan segura de que iba a volver a vivir con ella que había

---

10. La enseñanza escolar japonesa se divide en tres fases: seis años de escuela primaria (de los 7 a los 12), tres de escuela media (de los 13 a los 15) y tres de escuela secundaria o superior (de los 16 a los 18). Es común que en Japón se refieran al curso escolar antes que a la edad cuando se habla de un menor.

empezado a planear al detalle todo lo que tenía que hacer en los días siguientes, como ir a recoger las pertenencias de la niña a casa de su hermana.

Las cortinas seguían abiertas. Primero cerró las de su dormitorio y luego hizo lo propio en el de Kayako. Vio los carteles de neón de la calle. Uno era de un fabricante de máquinas de coser, otro era de un hotel, otro de una confitería europea. Una cafetería. Una sauna. Otro hotel. Había tantos que no podía enumerarlos todos. Sin embargo, quizá porque a la altura en la que ella estaba (un séptimo piso) la negrura del cielo lo teñía casi todo, las luces, lejos de ser cegadoras, le llegaban escuálidas, como un musgo luminiscente ya casi sin vida que sigue aferrado al fondo de un estanque reflejando su última luz.

Claro, ese era el paisaje que veía Kayako cada noche desde su ventana, pensó Kōko, y volvió su mirada al interior de la habitación. Sobre el escritorio había unas tijeras viejas y pequeñas. Se las había comprado a Kayako poco antes de que entrara en la escuela primaria. Recordó lo bien que las utilizaba cuando todavía era muy pequeña, y todas las cosas que había creado con ellas. Una máscara de conejo, una muñeca, un ratoncito con su ropa. Le encantaba hacer cosas así.

Kōko se sentó frente al escritorio y observó de nuevo las luces de neón. Quería oír la voz de Kayako. Pero, por más que quisiera oírla, lo único que podía hacer era esperar, y eso la aterraba. No tenía la más remota idea de lo que podía ocurrir a continuación. ¿Estaba a punto de perder a su hija definitivamente? Mientras rumiaba, agobiada, las palabras que debía decirle a Kayako cuando la llamara desde casa de su hermana —quizá dentro de unos instantes—, sintió pánico al darse cuenta de que la existencia de su hija se despegaba cada vez más de su cuerpo, del cuerpo de su madre. Que se muriera o se fuera de casa eran conceptos demasiado tangibles para Kōko, pero sí podía imaginar, cuando cerraba los ojos, cómo el cuerpo de Kayako era absorbido por masas de gente y terminaba por desaparecer.

Una vez, cuando todavía salía con Doi, había soñado que dejaba a Kayako con unos desconocidos y ella sola se iba de viaje con un muchacho muy joven cuya apariencia era como la de una niña de catorce o quince años. Estaban los dos sentados en un autobús que ascendía un camino de montaña. Eran los únicos pasajeros. Aunque todavía estaban lejos de la última parada, por sugerencia del muchacho se apeaban del autobús en mitad de la nada. Allí solo había un camino, la falda de una montaña y un atardecer. Kōko se colocaba al borde de un acantilado y contemplaba cómo se ponía el sol. La soledad de aquel lugar le entumecía el cuerpo. El muchacho, que estaba a su lado, le decía: «¿Qué haces aquí, en un lugar como este?».

Al oír su voz, Kōko se daba cuenta de que si no recogía a Kayako antes del anochecer no podría volver a verla nunca más, pero al mismo tiempo sabía que ya no podía llegar a tiempo a la ciudad donde estaba su hija y que incluso saliendo en ese mismo instante le darían las doce de la noche. Unos desconocidos le habían dicho amablemente, en una ciudad extraña, que no pasaba nada, que podía dejar a Kayako con ellos pero que fuera a recogerla antes de las seis, y ella les había hecho caso y había dejado a su hija allí. Una hora y un lugar. Eso era lo único que la mantenía unida a ella. Pero ya no le daba tiempo. Quería contactarlos, pero cómo, si no sabía nada de ellos. Ya no podría volver a ver a Kayako nunca más. Poseída por el pánico, Kōko empezaba a temblar. Kayako se iba alejando de ella segundo a segundo. ¿Por qué había tenido que soltarle la mano?

«¿Qué pasa? ¿No vas a dibujar?», decía el muchacho. Kōko tenía un bloc de dibujo de gran tamaño entre los brazos.

«Es que… la niña…», empezaba a decir Kōko, pero se quedaba callada. Ya era demasiado tarde. Su hija había desaparecido.

«¿La niña? ¿De qué hablas?»

«Nada, no es nada…»

Kōko negaba con la cabeza entre lágrimas y abría el bloc de dibujo. Era un atardecer rosado, increíblemente bello.

Kōko había despertado del sueño, pero la angustia no se había disipado. La ligereza con la que había pensado «Ah, entonces a partir de ahora podré estar con este muchacho siempre que quiera» y el hecho de que no había sentido la más mínima culpa al dejar a Kayako con unos desconocidos revelaban en realidad su deseo de recuperar la libertad estudiantil y disfrutar con Doi a solas como cuando era joven. ¡Qué madre más miserable, aquella que maldecía la existencia de su propia hija! Lo sorprendente era que no la hubiera perdido antes, pensó: eso sí que había sido una suerte.

La pudo haber perdido cuando, con tres años, Hatanaka se la había llevado a visitar a sus abuelos paternos durante más de una semana.

O cuando, con un año, tuvo unas fiebres altísimas debido a una infección de oído como consecuencia del sarampión.

Bien pensado, Kōko siempre había vivido con miedo a que le arrebataran a su hija. Pese a ser incapaz de enfrentarse a su día a día de forma responsable, o quizá precisamente por eso, se le oscurecía el porvenir cada vez que pensaba que quizá no se le había concedido el don de la crianza y no sabría mantener a su hija sana y salva. Ni siquiera había logrado sacar fuerzas para coger a la niña, mustia por las fiebres altas como una zanahoria demasiado cocida, y llevarla al hospital.

Pasadas las diez, por fin sonó el teléfono en el piso de Kōko. Era Kayako, para comunicarle que había estado deambulando por el centro comercial de la estación y que después había dado una vuelta entera en la línea Yamanote[II] antes de regresar. «Te disculpas ante la tía, ¿de acuerdo? Que la has tenido muy preocupada», se limitó a decir Kōko, y colgó. La voz de su hija había permanecido tan imperturbable que Kōko sintió vértigo. Nada había cambiado. Kayako seguía siendo Kayako. Si la hubiera podido ver en persona en ese momento quizá habría podido alegrarse y decirle «Qué bien, menos mal que no te ha pasado nada», pero el reencuentro a través del teléfono resultaba desagradable, incluso falso, como si la estuvieran engañando.

Kōko se puso a beber whisky hasta que, alrededor de las doce de la noche, se levantó y se acercó al teléfono. Marcó el número de Michiko. Quería confesarle sus planes de tener al bebé que crecía en su barriga y que ella le dijera que estaba loca, que no podía tenerlo. «Ni se te ocurra, aborta inmediatamente.» Necesitaba oír esas palabras. Tratándose de Michiko seguro que incluso la arrastraría hasta una de esas clínicas. Solo una fuerza externa podía cambiar el rumbo de su vida. De lo contrario era capaz de dar a luz al bebé. Kōko se temía a sí misma.

El teléfono sonó varias veces, y a la quinta, Kōko colgó.

Apagó la luz y la estufa de queroseno del salón-cocina y se dirigió, ebria y dando tumbos, hacia su dormitorio.

Se puso el pijama y, cuando por fin se tumbó, le sobrevinieron unas náuseas incontenibles. Se inclinó sobre el lavabo llorando. El malestar de la borrachera se llevó por delante todo cuanto había ocurrido ese día.

II.   Línea de metro circular de Tokio.

4

Kōko estaba en un barco. Era un arca pequeña con techo y
ventanas de cristal, herméticamente cerrada. Había tantos pasajeros a bordo que resultaba casi imposible moverse, y
el aire era húmedo y sofocante, tan oscuro que apenas se podían distinguir las caras de la gente. Kōko observaba algo rojo
que se extendía al otro lado de la ventana empañada. Tenía un
acompañante, pero no sabía si estaba ahí. Quizá era un extraño al que acababa de conocer, o tal vez un conocido con quien
había prometido encontrarse en ese lugar hacía décadas. Era
lo más probable, aunque no recordaba haberle hecho a nadie
tal promesa, ni se le ocurría de quién podía tratarse.

Estar en ese barco era como volver a una ciudad en la que
había vivido en el pasado: tenía la sensación de que en cualquier momento podría encontrarse con alguien a quien no
veía desde hacía tiempo. Kōko volvió a mirar a su alrededor
temiendo y a la vez deseando que eso ocurriera, pero ninguna cara le resultó familiar.

Al otro lado de la ventana se extendía un mar escarlata, teñido por el atardecer. La línea del horizonte oscilaba arriba y abajo como la aguja de una báscula. El agua carmesí se volvía aún más oscura en el trozo de mar que se desparramaba frente a la proa del barco. Había un resplandor en la superficie del agua y en el balanceo alegre y sin fin de sus movimientos cíclicos, como si se hubiera olvidado de la orilla. ¿Estaría el mar embravecido? El barco también se adaptaba a las olas, subiendo y bajando como un ascensor. «Cien kilómetros por hora.» Kōko oyó a unos pasajeros susurrárselo al oído, pero le costaba creer que realmente estuvieran avanzando a esa velocidad. El mar no se veía diferente. Ni la oscuridad lo iba envolviendo cada vez más ni el carmín del atardecer era ahora más intenso. No se avistaba tierra por ninguna parte. Tal era la inmensidad del mar, pensó Kōko mientras contemplaba el paisaje por la ventana.

Tuvo este sueño en abril, y el color del mar y el balanceo del barco se quedaron adheridos a su cuerpo durante un buen rato.

¿Quién era el acompañante al que esperaba ver a bordo? Le inquietaba la ambigüedad que envolvía a los pasajeros del barco. Lo más natural era que se tratara de Doi, pero si hubiera sido él, su cara habría aparecido de forma nítida. Nunca había viajado en barco con él, pero sí habían visto juntos un póster turístico de aerodeslizadores de agua que alcanzaban una velocidad de cien kilómetros por hora.

Por más que lo pensaba, no se le ocurría quién podía ser. Claro que eso era lo normal en un sueño, pero Kōko no se daba por vencida, y de tanto rumiarlo llegó a sentir que había tenido en sus brazos al bebé de ese hombre. Había abrazado algo cálido y vivo con su cuerpo, de eso estaba segura.

Era abril y el feto de Kōko cumplía su quinto mes. Resultaba ya casi imposible ocultar la hinchazón de su barriga.

Y no era solo la barriga. Todo su cuerpo se estaba hinchando de forma anómala, y hasta le había salido papada. Con Kayako había engordado bastante, pero no tanto como ahora. Quizá tuviera algún problema. Aún no se había atrevido a pisar una consulta médica; seguía teniendo dudas de que estuviera embarazada a pesar de que el bebé ya se empezaba a mover sutilmente dentro de ella. Tener otro hijo le daba pánico, pero la idea de interrumpir la gestación la sumía en una amargura que no podía soportar. Si seguía adelante, al menos no tendría que enfrentarse cara a cara con ese sufrimiento.

A Kayako solo la había visto una vez desde el día en que anunciaron los resultados del examen. Su hija le había comunicado por teléfono que prefería continuar viviendo durante un tiempo en casa de su tía. Tenían planes juntas, dijo: un viaje familiar a Nara en las vacaciones de primavera, y además quería aprovechar los días libres que le quedaban para practicar el piano.

Kōko le preguntó cuándo empezaban las clases y aceptó que se quedara con su tía hasta entonces. Acto seguido se ocupó de los trámites de la matrícula escolar. Se acercó hasta el instituto público al que habían acordado que iría Kayako, rellenó las solicitudes correspondientes, compró el maletín y el uniforme reglamentarios y llamó a su hija para que fuera a recogerlos a su casa. La esperó con una tarta de frutas sobre la mesa, lo único que hizo sonreír a Kayako durante su visita. Era su tarta preferida. Kōko se la compraba dos veces al año, por su cumpleaños y en Navidad.

La visita de Kayako fue breve. Se fue enseguida, sin haber tocado los temas importantes. Tampoco Kōko estuvo muy comunicativa; se limitó a hablarle de lo estrictamente necesario, como la matrícula escolar y cosas del instituto, y no hizo nada por retener a su malhumorada hija.

Después de aquello no la volvió a ver, y pasó un mes, y su barriga empezó a crecer cada vez más rápido y a notarse más. La próxima vez que viera a Kayako ya no podría ocultarle su embarazo y no le quedaría más remedio que confesárselo. Sería durante la ceremonia de comienzo de curso, el diez de abril. Apenas quedaban unos días, pero tenía que asistir, por su hija.

A la tienda de instrumentos había continuado yendo a diario. Ella, que antes siempre había tratado de eludir la mirada ajena y se escabullía en cuanto se encontraba con alguien, iba ahora a trabajar sin pensar, como una autómata, insensible a lo que opinara la gente, preocupada solo por lograr engañarlos un día más. Kōko sentía que se había hecho mayor. No podía sino reconocer, ruborizada, que se había convertido en una auténtica sinvergüenza. Cuando abortó a los veinte años no fue porque estuviera especialmente en contra de tener al bebé, sino por miedo al juicio ajeno. En realidad, le habría sentado mucho mejor tener un hijo entonces. Doi, que era igual de joven que ella, se habría quedado de piedra al principio, pero seguramente después habría aceptado acompañar a Kōko y al bebé en sus vidas. Quizá incluso se habría casado con ella por miedo al qué dirán. Así de vulnerable y sensato era Doi a esa edad, pero la joven Kōko no habría sido capaz de aprovecharse de esa vulnerabilidad. Lo cierto era que por aquel entonces no pensaba mucho en la maternidad o en la gestación. Le parecía algo desagradable y sencillamente inconcebible.

Por el momento no había en su trabajo ni una sola persona que asociara la gordura de Kōko con un embarazo. Se preocupaban amablemente por su salud, sin duda preguntándose si no estaría aquejada de alguna enfermedad maligna. Ni siquiera la oficinista sospechaba que pudiera tratarse de otra cosa. «Deberías mirártelo, porque no tienes buen aspecto… Mírate las manos, si hasta se ven las venas. Seguramente será cansancio acumulado que se ha empezado a manifestar ahora.»

Cuando le decían algo así, Kōko fingía una ligera preocupación y momentos después lo despachaba con una carcajada diciendo que seguramente era la menopausia, que ya estaba en edad.

Entonces su interlocutor soltaba también una risa aliviada, y se olvidaba del asunto. «Nadie se está dando cuenta», sonreía Kōko para sus adentros, burlona. Pero cuando se quedaba sola, se odiaba a sí misma por andar celebrando tan nimio triunfo.

En todo caso, no iba a poder ocultar su embarazo para siempre, y ya se estaba acercando esa fecha límite.

Cada noche Kōko tomaba la determinación de llamar a Kayako al día siguiente, informarle de su estado sin titubeos y pedirle que abandonara la casa de su tía inmediatamente y regresara con ella, pero llegado el momento le daba apuro montar semejante escándalo. Además, todavía no tenía del todo claro lo que iba a hacer, se decía, y así pasaba otro día atontada, sin haber sido capaz de cambiar nada.

Finalmente llegó el día. Era la víspera de la ceremonia del comienzo de curso y recibió una llamada de su hermana. Tenía que hablar con ella de algo urgente y le pedía que por favor se pasara por su casa ese mismo día. Kōko respondió que sí, que ella también tenía algo que quería comunicarle y que se acercaría por la noche.

Nada más colgar el teléfono le empezaron a temblar las piernas. Al final la decisión se había tomado sola: ahora estaba obligada a llevar su embarazo a término. Así es como acabaría esta historia. No sabía si le asustaba o le alegraba que el destino del bebé se hubiera decidido de una forma tan tonta. De pronto le vino a la memoria el mar granate de su sueño. El agua ondulante. Cerró los ojos. Cien kilómetros por hora. Doscientos kilómetros por hora. Un barco. Un barco que vuela. Que no se detiene. Que nadie puede parar. Sintió que su cuerpo estaba a punto de salir volando, empujado por una fuerza centrífuga que se movía a doscientos kilómetros por hora. Quiso vomitar.

Se apoyó en una de las sillas del salón y se sentó. Abrió los ojos. Las cortinas rojas del dormitorio de Kayako ondeaban al viento. Por la ventana entreabierta se veía un cielo blanco, blando, encapotado. Era lo único que podía ver desde allí.

Acababa de terminar de desayunar. Sobre la mesa seguían los bordes de la tostada que se había dejado y la taza de café. Las migas habían absorbido las gotas de café desparramadas sobre la mesa. Kōko empezó a limpiarla lentamente con un paño —«No tengo ninguna razón para tener miedo, ninguna en absoluto»— y continuó limpiando, tozuda, como si trazara letras con la tela.

Ya ni siquiera su hermana podría detenerla, aunque seguramente le daría la espalda de una vez por todas, indignada. Tampoco Kayako, incluso en el caso de que volviera con ella, podría hacer nada por impedir ese absurdo embarazo. Era libre. Ahora ya se le permitiría hacer cualquier cosa. A ella, que no tenía nada. Nada. A ella, que pensó que el solo hecho de ser la madre de Kayako le otorgaría un gran valor social. ¿Pero qué peso tenía realmente ese valor, si ahora que le crecía la barriga y que incluso tenía previsto parir al hijo que llevaba dentro nadie la sentenciaba a muerte, ni siquiera le llovían piedras del cielo? No veía a nadie persiguiéndola con una escopeta. Porque era lo lógico. Alguien que no tenía ni trabajo estable ni marido, alguien que no tenía nada, como ella, podía permitirse el lujo de hacer lo que le viniera en gana. Era libre. Era un estado fabuloso. Kōko escurrió el paño con las dos manos. Sí, eso era precisamente lo que le daba miedo. No tener a nadie que la aconsejara y la guiara a estas alturas de la vida. Echó de menos a su madre, que de pequeña la arrastraba del brazo hasta sentarla frente al piano y la obligaba a tocar, indiferente a sus lágrimas y a sus chillidos.

Kōko soltó el paño y se puso de pie. Entró en su dormitorio, se detuvo frente al tocador y observó su cuerpo reflejado en el espejo. Primero de frente, luego del lado derecho y luego del izquierdo. Se ciñó la falda para que se marcara bien la curva de la barriga. Era enorme para estar solo de cinco meses. Era imposible ocultarla, se pusiera la ropa que se pusiera. Tampoco recordaba exactamente las dimensiones de su cuerpo cuando estuvo embarazada de Kayako, por lo que no podía comparar, pero algo le decía que el bebé estaba creciendo demasiado. Quizá porque Kōko llevaba una vida sedentaria también el bebé tendía a acumular grasa con la misma indolencia. Apenas lo sentía moverse. Kayako, en cambio, se había movido mucho para ser niña.

Kōko se miró los pies y se observó la cara. ¡Qué manera de engordar! Nada quedaba ya de su juventud. Lo que veía en el reflejo era una señora gorda y fea. Naturalmente, no tenía ningunas ganas de ver su barriga desnuda. Estaba segura de que no se habría puesto así de fea si el bebé hubiera sido de Doi. ¡Qué fiel era el cuerpo a la persona!

Kōko volvió a la cocina y encendió el televisor. Tenía una hora por delante antes de irse al trabajo. Calentó agua de nuevo y vio la tele mientras se tomaba un café instantáneo. Había un teatro de títeres, todos ellos animales de peluche. Todavía ahora, cada vez que se encontraba con programas así, Kōko sentía el impulso de llamar a Kayako para que los viera. Solo habían pasado cuatro o cinco años desde los días en que su hija se quedaba pegada a la tele con la boca abierta, tan absorta que no oía a su madre y solo reaccionaba cuando recibía una palmada en los hombros o en los brazos. En ese momento le recorría una especie de escalofrío por todo el cuerpo, le lanzaba una mirada asustada a Kōko y volvía de inmediato a sus obligaciones domésticas, ya fuera fregar los platos o ayudar en la cocina.

De pronto Kōko se puso de pie y apagó el televisor. Se arregló a toda prisa y salió. No había nadie más en el ascensor: ¿sería tarde por la mañana? Tenía que darse prisa, se instó a sí misma, y corrió hacia la estación, pero el cuerpo le pesaba tanto que enseguida se cansó y se le entrecortó la respiración hasta que ya no pudo dar ni un paso más. ¿Cómo había podido llegar a tan lamentable estado? Se detuvo en la acera para coger un taxi. Necesitaba ir a un hospital, el que fuera, y que le vaciaran la barriga en ese mismo instante. Luego iría a casa de su hermana para recuperar a Kayako. Pero dado su estado avanzado de gestación probablemente no bastaría con una simple intervención. Haría falta que la hospitalizaran. Aun así, todavía estaba a tiempo. Podía hacerlo. Quizá no podría asistir a la ceremonia de comienzo de curso de Kayako, pero en una semana podría volver a ser una madre para ella. No sabía cuántas cosas le tocaría hacer en adelante por su hija; lo que sí sabía era que no quería verse en la situación en la que no tuviera que hacer nada por ella.

Tampoco había asistido a su ceremonia de graduación de la escuela primaria. Estuvo esperando a que la llamara, pero su hija había decidido por su cuenta acudir sola. Pero lo hecho, hecho estaba. A partir de ahora Kayako iba a necesitar a su madre más que nunca.

«Venga, venga», se impacientó Kōko, esperando el taxi casi al borde de una pataleta. En cuanto se subió balbuceó a toda prisa el nombre de la primera estación de la línea Yamanote que le vino a la cabeza, y no bien se cerró la puerta automática Kōko ya estaba azuzando al conductor para que acelerara. «Dese prisa, no hay tiempo.»

Era una decisión que se acercaba más a un impulso momentáneo. Sabía que si se lo pensaba dos veces sus dudas le resultarían ridículas y se bajaría inmediatamente del taxi. Lo que estaba a punto de hacer suponía negar todo cuanto había hecho hasta ahora: el haberse ido con Doi dejando de lado a Kayako, el haber alejado a su hija de Hatanaka, el no haber querido mudarse con ella a casa de su madre cuando tuvo la oportunidad.

Le pareció oír la voz de su hermana hablándole al oído: «Por fin te das cuenta de lo insensata y de lo mala madre que eres». Pero no era cierto, no era cierto en absoluto. Ella no se había lanzado a construir vidas paralelas con otras personas por el gusto de hacerlo. No se le habían agriado los sentimientos solo con Kayako. Desde que nació había intentado siempre seguir su propio camino, aun dando tumbos, y tomar sus propias decisiones. No estaba capacitada para juzgar si esas decisiones habían sido correctas o incorrectas, pero ¿acaso lo estaban los demás?

Solo sabía una cosa. Que había crecido adorando a su hermano, al que habían dejado en un centro para niños con discapacidad mental. Que había pasado su infancia sin entender a su hermana y a su madre cuando constantemente la amonestaban por sus notas mediocres en la escuela primaria, por sus escasos modales y su forma de hablar. Que esa niña que observaba a su familia con rencor se había hecho mayor y, en los treinta años que habían pasado, no se había traicionado a sí misma ni una sola vez. Tenía la certeza de que eso era lo único que importaba y, por eso, a pesar de lo perdida que se había sentido cuando nació Kayako, a pesar de que recibió palabras amargas no solo de su entorno sino también de sí misma y del «cuerpo social» que empezaba a emerger en su interior instándola a plegarse a las convenciones sociales —un conflicto que empeoró conforme su hija fue creciendo—, ella siempre había optado por ser fiel a la niña que fue.

Sin embargo, esta vez era diferente. Quería dejarse llevar por el impulso del momento y permitirse a sí misma una solución fácil y definitiva, dirigirse a ese lugar indiferente pero confortable llamado raciocinio. Pero el taxista debía darse prisa. Kōko sabía perfectamente que si no llegaba rápido a su destino volvería a recordar a la niña que jugaba al pilla-pilla con su hermano, se recuperaría a sí misma y daría media vuelta de inmediato. «Rápido, rápido.» Su corazón latía acelerado. El conductor dijo algo que no logró entender.

Se bajó frente a una estación de tren que no conocía y en ese momento sintió un movimiento sutil en el vientre. Colocó la mano izquierda sobre la barriga y presionó con fuerza mientras veía cómo el taxi amarillo se alejaba por la carretera. Estaba blanda. La mano se hundía en la carne blanda como en un pozo sin fondo. Carne. Y dentro de la carne, un pequeño mar cerrado. ¿Qué recuerdos flotaban en ese mar oscuro? Quiso oír la voz del feto. Prestó atención, pero no oyó nada. Lo único que sintió fue la respiración de un ser que ya sentía apego por su madre.

Había mucha gente entrando y saliendo de la estación. Soplaba un viento húmedo y cálido. La única luz provenía del semáforo y del poste que emitía el sonido para invidentes. Tampoco era posible distinguir la luz de la sombra sobre la superficie del suelo. Era una vista monótona y artificial, como las partituras de Hanon que tocaban los niños, sin ninguna conexión entre una nota y otra. Kōko echó a caminar. Si no recordaba mal, en una de esas calles había dos o tres clínicas que practicaban abortos sin ningún requerimiento, fueran cuales fueran las circunstancias. También de joven había buscado clínicas de ese tipo, en un barrio distinto. Ya hacía casi veinte años de eso. Kōko continuó caminando, mirándose los pies. El camino blanco y seco parecía un rabión dibujando remolinos de agua. Había gotas resplandecientes a los pies de los transeúntes. Unas sandalias rosas de niña se acercaron a Kōko y se volvieron a alejar. El cartel de Coca-Cola de una cafetería se fue aproximando hasta chocar con ella y caer. Kōko recolocó el cartel con cuidado y continuó caminando. Aunque era solo abril, su cuerpo se había puesto a sudar después de apenas unos pasos. Vio tres cubos de plástico que alguien había puesto a secar del revés. Al lado había un cepillo de limpieza oreándose. Pese a que Kōko iba caminando con los ojos puestos en los cubos, tropezó con el primero de ellos. El cubo cayó rodando y lo siguieron los otros dos, con gran estrépito. Kōko corrió detrás de los cubos que rodaban por la carretera hasta que se vio rodeada de ruidos de cláxones. Indiferente a los coches, recogió cada uno de los cubos. En ese momento retumbó en su oído la palabra «ilusión». Una ilusión. ¿Eran ese camino, esos coches, esas calles, ese cielo una mera ilusión? ¿No era ella más que una hilacha bailando en medio de una gran ilusión llamada universo?

Eran dos los cubos que habían rodado por la carretera. Kōko alzó cada uno en un brazo y se retiró a la acera, donde una mujer en *kappogui*[12] la esperaba junto al tercero.

---

12. Una especie de delantal tradicional de mangas largas para proteger la ropa.

—Muchas gracias por recogerlos, no hacía falta. ¡Además en su estado! Me he quedado helada. Qué importan los cubos, el bebé está por encima de todo. Usted se tiene que cuidar…

Kōko le entregó los cubos a la mujer, le hizo una reverencia y se alejó a toda prisa. Tenía calor. ¡Qué calor tenía! Detuvo sus pasos y colocó ambas manos sobre la barriga. Parecía que su vientre redondo iba a prender fuego en cualquier momento y estallar en llamas cegadoras. Ese ya no era solo su vientre. Entonces, ¿cómo pretendía abrir las piernas y permitir que alguien tocara al ser vivo y caliente que respiraba en su interior? Pensó en la palabra «pecado». Se estremeció. El tacto frío del plástico en la silla obstétrica. La cara inexpresiva de la enfermera que sujetaba el foco de luz. El sonido metálico de los instrumentos, las manchas en las baldosas del suelo. El sonido de los zuecos de cuero del médico. Según le había contado la enfermera un momento antes de salir de la sala de recuperación posoperatoria, cuando Kōko empezó a despertar de la anestesia en su último aborto, se había puesto a gritar, medio enloquecida: «Ponme la inyección, rápido, rápido». Ella no tenía ningún recuerdo de eso, pero seguía intacta en su memoria la desagradable sensación de estar deslizándose poco a poco y de forma irreversible hacia el abismo de la muerte.

Aquel aborto había tenido lugar en un momento en el que ni se le habría pasado por la mente que esas sillas obstétricas también servían para dar a luz. Pero unos años más tarde se tumbó sobre una de ellas, en otra clínica distinta, y alumbró a un bebé. Ese bebé era Kayako. Y Kayako seguía viva. Seguía viva porque ella no la había matado, y por eso ahora ya no podía subirse a una de esas sillas para abortar. Porque se le aparecía la imagen del bebé. Lo veía aunque no quisiera. Sus células estaban proliferando con tanta inocencia, preparándose para nacer... No lo podía matar. La próxima vez que se tumbara sobre una silla obstétrica tenía que ser para dar a luz. Kōko se mordió el labio y miró a su alrededor.

Llegó a la tienda de música con bastante retraso. Recordó el día en que su hermano había vuelto del centro para discapacitados. Él tenía diez años y había interiorizado tanto su rutina en el centro que no perdonaba que se alterara ni un ápice el orden de los pasos establecidos, desde la hora en que se levantaba y se aseaba, hasta los ejercicios matinales de Radio Taisō[13] y la comida. Kōko se llevaba tantos años con su hermana mayor que se pasaba el día aburrida pero a su aire. En cambio, con la llegada de su hermano de repente había tenido que someterse a una vida llena de reglas.

Cada mañana su madre los despertaba gritando con su voz aguda: «¡Arriba!». Kōko y su hermano se levantaban del suelo de un salto, competían por vestirse primero y doblaban los futones.[14] Sin duda debía de entristecer a su madre saber que aquella era la única forma de que su hijo, cuya movilidad estaba ya muy mermada, se pusiera en marcha, pero para Kōko esa nueva vida junto a su hermano era un motivo de alegría. Tenía el profundo convencimiento de que su felicidad estaba allí donde estuviera él. Había descubierto un tipo de felicidad que no existía en el mundo de la razón.

13. Ejercicios físicos, principalmente de estiramiento, que se retransmiten por radio, generalmente a primera hora de la mañana. Son conocidos como Radio Taisō o gimnasia de radio y son práctica habitual en centros educativos o residencias de ancianos y otras instituciones públicas. También se practican individualmente.

14. El futón se saca por la noche y se guarda doblado en un armario a la mañana siguiente.

No había nada turbio en los sentimientos de su hermano: lo placentero equivalía a felicidad y lo desagradable suponía ira. Y aunque encontraba a menudo motivos para enfadarse, su hermano era capaz de contener su ira con tal de contentar a sus seres queridos. ¿Por qué sería? Quizá no tuviera intelecto, pero a su hermano le sobraba una sabiduría llamada amor. Cuando Kayako cumplió un año, a Kōko le dolió descubrir que su hija ya había desarrollado una conciencia de sí misma mayor que la que su hermano había tenido a los diez. Esa conciencia seguía ya el mismo esquema egoísta del adulto capaz de abandonar a alguien en pos de su propia felicidad, solo que en miniatura, y por eso Kōko fue incapaz de alegrarse con sinceridad de la inteligencia que Kayako iba adquiriendo día a día.

A veces, cuando no lograba comunicar lo que quería, a su hermano le daba por tumbar la cómoda o agitar el bate de béisbol con fuerza. Pero incluso en esos momentos era capaz de mostrarle su mejor sonrisa a Kōko solo porque era su hermana pequeña. Cuando por la mañana se echaban su carrera para ver quién se vestía antes, él siempre la dejaba ganar, le sonreía como diciendo «¡Muy bien!» y solo entonces se ponía su propia ropa a toda prisa. Su hermano la veía siempre como el bebé que había llegado después que él, aunque él no supiera hacer nada ni pudiera entender nada, y esto a veces sacaba a Kōko de quicio. «¡Pero si apenas sabe hablar!», pensaba irritada. Sin embargo, al final lo que predominaba sobre todo lo demás era la felicidad de sentirse tan querida. En cuanto a su hermano, la existencia de una hermana pequeña le servía para reafirmar su orgullo de varón.

Su hermano había vuelto a casa un día de mucho frío. Su madre había salido a recogerlo por la mañana temprano, y Kōko y su hermana se habían quedado esperando todo el día en el *cha-no-ma*.[15] Su hermana, que ya cursaba la enseñanza media, estaba leyendo un libro. Kōko no recordaba que su hermana hubiera jugado con ella ni una sola vez. Tampoco ese día le prestó ninguna atención ni le dirigió la palabra mientras ella se aburría y se impacientaba viendo pasar las horas. Más que alegría por volver a verlo, lo que sentía Kōko en ese momento era miedo y angustia al imaginar el tipo de vida que le esperaba junto a su hermano, y le resultaba imposible quedarse quieta. Pero su hermana la regañaba si hablaba o si se ponía a dar vueltas por el *cha-no-ma*.

«Si vas a estar haciendo tanto ruido, vete al jardín», le había dicho. En circunstancias normales habría salido al jardín a jugar con el perro aunque hiciera mucho frío si así se lo ordenaba su hermana, pero esa vez no había querido separarse de ella.

No recordaba cómo las dos habían pasado el resto del día mientras esperaban a su madre y a su hermano. Es más, había borrado de su memoria el momento en el que su madre y su querido hermano regresaron a casa. Quizá se quedara dormida, cansada de esperar. Solo sabía que a la mañana siguiente ya estaba inmersa en la rutina del «cole de la montaña», aquel lugar donde la luz del día resplandecía y deslumbraba. Así era como su hermano se refería al centro en el que había estado: «el cole de la montaña». Los dos empezaron a estudiar juntos, a montar en bici juntos, incluso a ir al baño juntos. Alguna vez su madre les regañó por enseñarse mutuamente los excrementos. También se llegaron a perder juntos por la calle y solo pudieron regresar gracias a la placa identificativa que él llevaba colgada del cuello.

Hasta que un día, su hermano se resfrió, el resfriado derivó en neumonía, y murió. Tenía la misma edad que Kayako

15. El equivalente al salón en una casa tradicional japonesa.

ahora. Kōko volvió a ser una niña callada y de movimientos torpes. Si tocaba el piano, movía los dedos de cualquier manera, por obligación, de modo que su madre la tuvo practicando la misma gavota todo el año. Su hermana, en cambio, se marcaba unos solos en los conciertos del colegio que dejaban a su madre extática.

Cuando Kōko tocó el timbre, fue Kayako quien abrió la puerta. Kōko se quedó de pie, nerviosa, intentando examinar la cara de su hija. Llevaba una rebeca de lana rosa y mullida, seguramente heredada de Miho, y parecía estar a sus anchas en casa de su tía. Al principio la miró sorprendida, con los ojos muy abiertos, pero enseguida bajó la mirada y dijo tímidamente, en voz baja:

—Adelante, pasa. No te reconocía... ¿Por qué estás tan gorda?

—No es solo que esté gorda —dijo Kōko riéndose mientras se descalzaba.

Kayako esbozó una media sonrisa, apenas un rictus. Estaba claro que no había entendido lo que Kōko había querido decir. A lo sumo, habría pensado que era una broma. Después de deslizar los pies en las pantuflas que Kayako le tenía preparadas, Kōko se agachó para colocar sus zapatos en el suelo. Su barriga era tan grande que casi se le cortó la respiración y tuvo que retomar su postura entre jadeos.

Hacía dos años que no visitaba la casa de su hermana, desde el funeral de su madre, pero apenas notó ningún cambio. Solo pequeñas cosas: en la entrada había ahora una lámpara de araña al estilo occidental, muy luminosa, y la acuarela de unos narcisos que antes había en la pared había sido reemplazada por un cuadro más moderno. Algunos ornamentos también eran distintos. Donde antes había un jarrón de bronce ahora relucía un caballo de cristal.

Su hermana y Miho estaban sentadas en el sofá del salón viendo la tele. Al ver a Kayako y a su madre entrar, las dos se levantaron a la vez.

—¡Cómo se te ha hecho tan tarde! Nos estábamos cansando ya de esperar. ¡Estamos hambrientos! Pero... ¿qué te ha pasado? ¿Cómo has engordado tanto?

Kayako se escabulló hacia la cocina. Kōko la siguió con la mirada y respondió a su hermana con un tono de voz lo más despreocupado posible:

—Siento no haber venido a saludar antes, encima de que tienes a Kayako a tu cargo.

—Pues sí, no entendía por qué, pensé que estarías molesta por algo y que por eso no querías vernos. Aunque tampoco me sorprendía mucho, con lo rarita y lo testaruda que eres. ¿Y desde cuándo estás tan gorda? ¡Pareces otra!

Miho levantó la cabeza, miró a su madre y luego a Kōko.

—Cuando la vi el otro día estaba igual que siempre, ¿verdad, tía?

Kōko asintió.

—Gracias por tus atenciones el otro día. Parecía un instituto muy agradable. Lamento lo de Kayako, después de todo lo que hiciste por ella. Es una pena, pero qué le vamos a hacer, ¿verdad?

—Justo hay algo que quería decirte al respecto —dijo su hermana poniéndose de pie—, por eso te pedí que vinieras. Pero cenemos primero, no vamos a hacer esperar más a los niños. Papá llegará tarde hoy del trabajo. Miho, ve a llamar a tu hermano.

Miho respondió con entusiasmo y subió a la segunda planta. Azotada por una ráfaga de nostalgia, Kōko se preguntó cuál de los dormitorios estaría utilizando Takashi. En la parte de arriba había dos, uno amplio que había sido el de su hermana, y otro pequeño, orientado hacia el este, que en su día fue el de Kōko. En realidad, no se había mudado a ese dormitorio hasta que entró en la enseñanza media. Hasta entonces estuvo compartiendo cuarto con su madre en la habitación de diez tatamis que había en la planta baja. Cuando todavía estaba su hermano, los tres dormían ahí. Después, de adulta, su hermana le quitó el tatami, la remodeló al estilo occidental y lo convirtió en el dormitorio matrimonial. Por la ventana del cuarto de Kōko en la segunda planta se veían los árboles de un *jinja*,[16] y a partir del tercer año de enseñanza superior,[17] durante los veranos se aficionó a ver el sol salir entre las copas. Conforme el día se iba aclarando se intensificaba el canto de las cigarras y de los pájaros. Cada amanecer era maravilloso y dejaba unos colores frescos en el cielo.

En cuanto se sentaron a comer, llegó Kayako con una bandeja de sopa servida en platos hondos. La niña evitó mirar a su madre a los ojos incluso cuando le sirvió la sopa, quizá avergonzada de que estuviera ahí. En ese momento apareció otra niña de cuerpo menudo a la que Kōko no recordaba haber visto nunca y que parecía estar ayudando en la cocina. La niña dejó la fuente de ensalada y unos platos pequeños en el centro de la mesa.

—Kaya, deja que sirva Misa, tú siéntate ya, no te tienes que preocupar por la comida. Yo le digo que no hace falta que haga estas cosas, pero ella siempre las hace, ya veo que a la pobre la tenías a raya.

Kōko forzó una sonrisa y vio que Kayako se ruborizaba. Sin duda estaba avergonzada, pero por encima de todo la notaba

16. Templo sintoísta.

17. En torno a los diecisiete años.

nerviosa por el encuentro. Cada una de las personas allí presentes parecía estar pendiente de lo que iba a suceder a continuación, hasta el punto de que apenas le dieron importancia al aspecto de Kōko. Ella, que había supuesto que nada más poner un pie en casa de su hermana se montaría un escándalo por su aumento de peso, no pudo sino sentir aquello como un fracaso estrepitoso. Tenía incluso preparadas sus respuestas. Pero dadas las circunstancias, tendría que dar ella el primer paso y anunciar su embarazo. ¿Cómo se suponía que debía decirlo? No había previsto tener que soltarlo así, a bocajarro; no lo llevaba ensayado. Kōko miró a su alrededor y se detuvo en la figura de Takashi, que sorbía su sopa con total serenidad, incluso indiferencia. Estaba cursando la enseñanza superior; quizá ya era suficientemente mayor como para darse cuenta, pensó Kōko.

La cena concluyó sin que nada ocurriera como Kōko lo había previsto. Su hermana habló mucho, en tono animado: que estaba decidida a renovar la casa al año siguiente de una vez por todas pero que su marido no estaba del todo convencido, que él prefería gastarse ese dinero en ampliar el despacho pero que ella quería renovar sí o sí…

—… Si es que no puede ser, ya está muy vieja. Hemos ido haciendo arreglos aquí y allá, pero la casa tiene ya casi cuarenta años. Da vértigo solo de pensarlo. Además, los techos altos hacen que sea fría y oscura…

—Sí, es verdad, tiene unos techos altísimos.

—Después de todo, lo más cómodo es vivir en un piso, como haces tú. Es una forma de poder morir tranquilo. ¡Al final vas a salir ganando y todo!

—No lo creo para nada. Salir ganando o perdiendo es cuestión de suerte, no depende de uno. Por cierto, a ti siempre te veo bien, admiro tu energía. Cada vez que Kayako me dice que os habéis ido a un concierto o de viaje y habéis montado en bici me quedo pasmada.

La hermana miró a sus hijos y soltó una carcajada. Segundos después su rostro adquirió un aire grave.

—Hablando del tema, tú no estás bien. ¿Tienes problemas de salud? Dicen que cuando uno adelgaza o engorda mucho de repente es porque hay alguna enfermedad detrás. Esta forma de engordar da muy mala espina. ¿No vas nunca al médico o qué?

Kōko negó con la cabeza, incapaz de responder con palabras. Todavía no era el momento, primero tenían que terminar de cenar, se dijo a sí misma ante su incapacidad de dar una respuesta. No solo se había quedado sin voz, sino que sentía su cuerpo arder bajo la atenta mirada de los tres niños. ¿Desde cuándo se habían vuelto tan obtusos? ¡Si hasta los pasajeros del tren con los que se cruzaba a diario eran capaces de darse cuenta del motivo de su barriga hinchada! ¿Por qué su hermana y los niños consideraban hasta ese punto impensable que Kōko pudiera quedarse embarazada? Kōko no pudo contener su irritación al constatar que nadie la miraba con suspicacia. Se sentía como un niño que ha construido una trampa y se enrabieta porque nadie cae en ella.

Su hermana terminó de tragar un trozo de cerdo que tenía en la boca y continuó expresando su preocupación por el estado de salud de Kōko.

—Mejor que vayas al médico cuanto antes. Pero no a cualquier médico de cabecera, tienes que ir al hospital universitario. Los médicos de cabecera lo reducen todo a un catarro. Porque no puede ser, ¿cuánto pesas? Seguro que más de sesenta kilos.

—… No me he pesado últimamente.

—Demasiado tranquila te veo. ¿No te has planteado nunca qué pasaría si te mueres? Yo no paro de pensarlo, me preocupa muchísimo. Ahí donde los ves, estos niños tan mayores todavía no sabrían sobrevivir solos.

Miho pestañeó varias veces, abriendo y cerrando esos ojos redondos iguales a los de su padre, e intervino:

—A papá le dijeron el otro día que tenía la tensión alta.

—Sí, sí —añadió su hermana con alegría—. Se puso a engordar de repente, como tú, y nos reíamos de él. Pero como siempre es bueno tomar precauciones decidió ir al médico, y aunque no le diagnosticaron ninguna enfermedad maligna resultó que tenía la tensión muy alta. El médico le dijo que, si llega a continuar con ese mismo ritmo de vida sin saber lo de su tensión, quién sabe si habría durado un año. Nos quedamos todos helados. Así que hazme caso y ve al hospital. Mírame a mí, yo me hago dos revisiones al año aunque no tenga nada.

—Mi madre no está enferma. Es que bebe demasiado —dijo Kayako de repente levantando la cabeza—. Lo único que hace es beber y tiene la casa hecha un asco.

Kōko buscó la mirada de su hermana y se echó a reír. Su carcajada retumbó en esos techos altos más de lo que hubiera querido.

—No te pongas a decir tonterías de repente, ¿qué quieres, asustarnos?

—Pero espera, puede que tenga razón. Deberías estar agradecida de tener una hija tan madura. Sin duda Kaya ha salido a la abuela. ¡Parece que la herencia genética se ha saltado una generación! —dijo su hermana con una jovialidad forzada.

—*Gochisōsama*.[18] —Takashi se levantó y se alejó de la mesa.

Pero qué mayor se había hecho, se admiraba Kōko cada vez que veía al adolescente caminar. Si hubiera llegado a tener

18. Expresión que se dice al terminar de comer. Literalmente significa «Ha sido un banquete». Es una de las normas básicas de educación.

unos rasgos más finos habría sido un joven perfecto, pensó con una superficialidad asombrosa. ¿Se acordaría él de que, siendo todavía un bebé, ella se lo llevaba a ver el tren o a jugar en el parque? Aquel niño nervioso y tímido había sido el primer bebé en el entorno de Kōko. Cuando nació Miho, un poco después, Kōko ya había empezado a convivir con Hatanaka, por lo que casi no la vio. Apenas guardaba recuerdos de ella.

Miho y Kayako se retiraron de la mesa y se sentaron frente al televisor. Kōko se dio cuenta de que su hermana estaba ya sirviendo el té de la sobremesa y se apresuró a terminarse la carne que le quedaba en el plato. Su hermana había cambiado de tema y ahora estaba hablando del futuro académico de Takashi. Las universidades nacionales había que darlas por imposibles, pero si estudiaba economía o derecho en una universidad menor seguramente se aburriría, así que, ya que estaba, quizá sería mejor que hiciera una carrera de diseño o arquitectura, pero él no tenía las ideas nada claras. «Cuanto más pienso en ese niño, más me desespero...»

Al ver que Kōko había terminado de cenar, su hermana se puso en pie y la instó a hacer lo mismo.

—Bueno, vamos mejor a la sala de estar, que aquí nos pueden oír los niños.

Kōko empezó a asentir con la cabeza, pero a medio camino cambió de idea y negó. Kayako la miraba con ojos inseguros y desorientados, los ojos de su padre. ¡Cuántas veces le habría lanzado Hatanaka esa misma mirada! A menudo se preguntaba, extrañada, qué era lo que temía y le hacía desconfiar de esa manera. El único recuerdo que guardaba de él eran aquellos ojos como agujeros que se habían dirigido hacia ella al comienzo de su relación y también al final, cuando ya empezaron a vivir separados, y que sin embargo él disfrazaba de orgullo, como si sacar pecho fuera suficiente para ocultar lo que escondían dentro.

—No, mejor aquí. Los niños ya son mayores, no importa que nos oigan.

—Es que aquí… no podemos hablar tranquilas.

—No pasa nada. Lo que me tengas que contar, me lo cuentas aquí.

—No, aquí no. Venga, vamos para allá.

—Lo que me quieres decir tiene que ver con Kayako, ¿no? Pues prefiero que estén presentes las niñas y que puedan dar su opinión.

Su hermana, que se había puesto de pie, miró hacia las niñas ya crecidas, sentadas frente al televisor. Exhaló un suspiro largo y se volvió a sentar en la silla del comedor.

—Desde luego, no tienes remedio, ¿eh?

—Perdona… Pero si se trata de Kayako quiero que hablemos donde ella pueda oírnos. Además, yo también tengo algo que anunciaros a todos… —dijo a modo de excusa.

La joven asistenta estaba recogiendo los platos de la mesa con parsimonia. Kōko tuvo la sensación de que llevaba toda la vida teniendo el mismo tipo de discusiones con su hermana y su madre. Lo que su madre había hecho por el bien de Kōko solo había sido una fuente de infelicidad para ella. Cada vez que intentó contentar a su madre, lo único que consiguió fue enfadarla. Siempre estuvo encasillada en el rol de niña testaruda y retorcida, y parecía que continuaba siendo así para su hermana. No entendía por qué las cosas no podían ser de otra manera. Lo único que pedía era un ambiente familiar pacífico y cálido porque estaba convencida de que solo así podría encontrar una felicidad estable, pero cada vez que verbalizaba su deseo, se topaba con gestos de amarga perplejidad. ¿Sería porque durante un tiempo había sentido devoción por su hermano? ¿Sería porque fue su hermano con síndrome de Down quien se lo había enseñado todo sobre la vida y la muerte? De pronto Kōko salió de su ensoñación y, nerviosa, enderezó la espalda y colocó la mano derecha sobre su vientre. Otra vez se estaba moviendo.

—Entonces cuéntanos tú aquí lo que nos tengas que contar, y luego pasamos a la sala de estar para que yo pueda hablar contigo en privado. Supongo que eso te parecerá bien, ¿no? No pienses que estoy queriendo complicarte las cosas.

—Claro —dijo Kōko sin prestar demasiada atención.

—Mientras tú… Bueno, no importa. Luego te diré lo que tenga que decirte. Entonces, ¿de qué nos querías hablar?

La potencia de voz de su hermana la hizo reaccionar. Kōko la miró como si por primera vez comprendiera lo que estaba a punto de suceder. Su hermana tenía los ojos rojos. Una vez, de joven, se había puesto a llorar cuando Kōko dijo algo. Kōko se había quedado mirándola perpleja, imaginando que la causa de su tristeza no tenía nada que ver con ella. Le parecía impensable que llorara por algo tan nimio. Su madre y ella la observaron durante un rato sin decir nada, hasta que su hermana rompió el silencio y dijo entre lágrimas: «¿Crees que es gracioso decir algo así?». A lo que su madre añadió: «Desde luego. ¿No te has parado a pensar en lo triste que se pondría tu hermana si te marchas? No vayas de víctima haciéndole creer que te trata como un estorbo. No sé quién te has creído, ¿hasta cuándo vas a seguir así?».

Eso había ocurrido cuando Kōko anunció que quería mudarse a su propio apartamento. Su hermana acababa de dar a luz a Takashi y había buen ambiente en la casa; hasta se le había iluminado la cara a su madre. Kōko continuaba viviendo en el cuarto estrecho de la segunda planta. El dormitorio principal lo ocupaban su hermana y su marido, y el bebé dormía en la habitación de su madre. Los cuartos estaban hacinados de una forma poco natural, y Kōko, que se acostaba tarde, oía sin querer todo cuanto ocurría en los aposentos de su hermana, casi como si los estuviera espiando. Llegó un momento en el que podía detectar el más mínimo carraspeo de su cuñado. Al pobre lo habían metido en casa de su suegra y lo tenían viviendo en un espacio mínimo. Si ella misma se sentía incómoda en ese ambiente al que sin ser consciente había terminado por acostumbrarse, era imposible que él estuviera a gusto.

Kōko sabía que, tarde o temprano, se terminaría yendo de esa casa. De modo que, cuando ya era evidente que iba a tener que cambiarse de cuarto, había dicho sin ninguna acritud que prefería alquilar su propio piso y vivir sola. Ya estaba dando clases de piano y ganaba lo suficiente como para pagar el alquiler. Solo tenía que trabajar más horas para conseguir un poco más de dinero y poder mantenerse a sí misma. Era así de sencillo. No podía verlo de otra manera. En medio año se graduaría de la universidad, y a partir de ese momento podría ponerse a buscar trabajo. No sabía aún de qué tipo, pero algo encontraría. No tendría que preocuparse por el dinero. Así se lo había transmitido esa noche a su hermana y a su madre. Les había dicho que la decisión ya estaba tomada y que quería irse cuanto antes para que ellas tuvieran más espacio.

Kōko nunca habría podido imaginar que su hermana y su madre reaccionarían así. Era lo opuesto a lo que esperaba. Su hermana se echó a llorar y su madre la regañó sin siquiera escuchar sus argumentos. Aquello fue tan inesperado que, en lugar de intentar explicar cómo se sentía, se quedó mirando a su hermana y a su madre en silencio. Se dio cuenta de que no las conocía. Eran dos personas con las que había convivido toda su vida y sin embargo Kōko no tenía ni la más remota idea de cómo percibían las cosas ni qué ideas se les cruzaban por la cabeza. Y ellas tampoco podían comprenderla. Pero de pronto creyó entenderlas: en su debilidad, necesitaban aferrarse a cualquier clavo ardiendo, aunque ese clavo fuera Kōko. Si bien en aquel momento no pensó en ellas como seres débiles, sí fue consciente de que su existencia las asustaba y de que aquella situación era absurda.

Kōko se mudó a su piso a la semana siguiente sin dar ni una sola explicación más, y no tardó en recibir la visita de sus amigos. Por ese mismo apartamento pasaron Doi y también Hatanaka, con quien empezó a vivir un año después. Ahora se daba cuenta de que, si para ella separarse de su familia había sido algo tan natural, fue en parte porque era la hija menor, libre de las responsabilidades del primogénito. Ella nunca había considerado que los romances de su padre con otras mujeres o la discapacidad de su hermano fueran una desgracia, pero su hermana y su madre, que guardaban recuerdos más nítidos, debieron de sentirse muy solas y abandonadas. Era comprensible, pues, que su hermana no quisiera quitarle ojo y le dijera cosas como «Eres mi única hermana, es normal que me preocupe». Sin embargo, cada vez que discutían Kōko se quedaba encogida y a la defensiva, hundida en una tristeza extraña al darse cuenta de que ella también la quería.

Kōko miró a su hermana a los ojos. Esta vez no podía marcharse sin contarle lo que había venido a contarle. Tenía que confesar lo del bebé. Pero… Echó un vistazo al reloj en la pared. Sí, se lo diría sin falta, pero debía ser su hermana quien hablara primero. Quizá podría dejarlo caer sutilmente antes de irse, una palabra aquí y otra allá. No serviría de nada dar explicaciones o excusas elaboradas. Así que todavía era pronto.

Como Kōko seguía callada, su hermana volvió a decirle en tono seco:

—¿Qué te pasa? ¿Tanto te cuesta decirlo? No te preocupes: tratándose de ti, ya nada me va a sorprender.

Kōko dejó escapar una risa tímida.

—Perdona, pero prefiero que hables tú primero. ¿De qué se trata?

Esta vez fue su hermana la que se quedó callada. No solo estaban rojos sus ojos, sino también la punta de su nariz. Kōko recordó de repente que tanto su hermana como su madre tenían la nariz delicada. Ella nunca había tenido problemas nasales, pero sí de oídos, como su hermano. Aun así, si un desconocido entrara ahora en esa casa y las viera, seguramente advertiría a simple vista que las dos eran de la misma sangre. Kōko quiso decir esto pero no se atrevió, intimidada por la expresión amarga de su hermana.

—... Bueno, de acuerdo entonces. Supongo que ya te imaginarás de qué va el asunto. Pero no tienes que ponerte tan tímida a estas alturas. Un momento... Pero... ¡Kōko!

Su hermana abrió mucho los ojos. Kōko entró en pánico y sintió cómo todo su cuerpo se tensaba. La mirada de su hermana la recorrió de arriba abajo. Ahora ya no iba a saber lo que ella había querido decirle, pensó Kōko al tiempo que asentía con la cabeza y le mostraba la barriga. Las manos que tenía colocadas encima de la mesa habían empezado a temblar. Se limitó a sonreír, sin poder pronunciar una sola palabra. Sintió que Kayako la observaba desde lejos, pero fue incapaz de girar la cabeza hacia ella.

Su hermana también se había quedado muda. Parecía estar dudando, preguntándose qué decir y cómo. Kōko se apoyó en los sonidos de la televisión mientras esperaba una respuesta. Estaban emitiendo un concurso. Oyó al presentador hablar y el botón que hacían sonar los participantes. Lentamente, su hermana se puso de pie.

—… Vamos mejor a la sala de estar.

—Pero… ¿y eso que querías decir sobre Kayako? —Kōko también se levantó y movió la silla a un lado.

Quería mostrarse tan seria como su hermana, pero sin quererlo su cara fue dibujando una sonrisa absurda.

—¿Qué más da eso ahora? —susurró su hermana apartando la mirada.

—Mañana es la ceremonia de comienzo de curso de Kayako, ¿verdad?

—Sí, es mañana. Y, sin embargo…, mírate.

—No te preocupes, tengo pensado asistir…

—¿Qué dices? Ni se te ocurra. ¿Tú crees que es gracioso todo esto?

—¿Gracioso? ¿Por qué lo dices? Simplemente pienso que Kayako tampoco se va a quedar en tu casa eternamente…

—No entiendo nada de lo que dices. No sé de qué te ríes. Es siniestro, para ya, por favor.

No sabía en qué momento su hermana había empezado a elevar la voz. Kayako y sus dos primos la estaban mirando fijamente. Sintió de inmediato el repudio de su hija, que parecía estar diciéndose a sí misma: «No sé de qué te sorprendes a estas alturas, cosas peores ha hecho». Kayako había presenciado, desde antes de cumplir los dos años, cómo sus padres se dejaban llevar por la pasión y entrelazaban sus cuerpos o se golpeaban y se pateaban, o cómo Doi y su madre discutían acaloradamente, se llegaban a levantar los puños y luego dormían juntos en la misma cama. Era una niña que había crecido así. No era débil y enclenque como los niños de esa casa. Kōko se resignó a aceptar que tendría que tranquilizar a su hermana antes de poder intercambiar una sola palabra con su hija. Sí, su hermana se estaba esforzando mucho, sin duda, ¿pero hasta qué punto estaba ayudando a Kōko? ¿Por qué insistía en interponerse entre ella y Kayako? Era su hija la que necesitaba que la escucharan.

La sonrisa absurda de Kōko se difuminó del todo ante las palabras de su hermana.

—Me disculparé por lo que tenga que disculparme. Pero hay cosas que no se arreglan por muchas disculpas que pida. Aunque no lo parezca, he hecho todo lo que he podido y sabido hacer. Y así lo seguiré haciendo en adelante, aun sabiendo que las cosas serán más difíciles a partir de ahora. Kayako lo sabe. Por eso quiero que me la devuelvas, por favor.

A Kōko se le cortó la voz y se quedó callada. Echó un vistazo a su alrededor. Solo entonces se dio cuenta de que Kayako estaba de pie junto a su hermana, clavándole una mirada desesperada. Con la misma expresión en sus caras, las dos parecían idénticas. «Esa no es *mi* Kayako», pensó. Sintió tal soledad y desamparo que le dio vértigo y, poseída por algo parecido a la ira, bramó:

—¿Qué miras tan atontada? ¿Hasta cuándo piensas incordiar a la tía? ¿De quién te crees que eres hija? Venga, recoge tus cosas, que nos vamos.

Kayako se cubrió la cara con las manos y rompió a llorar como una niña pequeña.

—¡Un momento! —vociferó su hermana—. No digas ridiculeces. Lo primero que tienes que hacer es tranquilizarte. Siéntate ahí, que estás muy alterada y eso no es bueno en tu estado. Y tú, Kaya, te puedes ir al cuarto, ya no hace falta que estés aquí. Yo me encargo de tu madre, no tienes que preocuparte por nada.

Kōko se levantó de la silla del comedor en la que se había visto obligada a sentarse y siguió los pasos de Kayako, que en ese momento abandonaba el salón obedeciendo a su tía.

—No, Kayako, tú tienes que hacerme caso a mí.

—Déjala en paz, te lo pido por favor. No la puedes seguir torturando así. No te preocupes, Kaya, puedes irte.

—No, tú te quedas aquí —dijo Kōko agarrando a su hija del brazo y arrastrándola hacia la mesa.

Kayako había dejado de llorar y miraba ahora a su madre con ojos enrojecidos y llenos de odio. Kōko observó ese rostro. Era alargado y estrecho, maduro para su edad. Como además era alta, podía pasar perfectamente por alguien dos años mayor. De bebé tenía la cara redonda y entre sus mofletes gordos apenas sobresalían la nariz y la boca. Kōko ya no supo qué decir. Confundida, sonrió a Kayako y miró a su hermana.

—Perdón. He perdido los nervios.

—No pasa nada —respondió su hermana, aún pálida—. Por cierto, deberías quedarte a dormir esta noche, ¿no te parece? Y mañana vamos juntas a la ceremonia de comienzo de curso de Kayako. Te puedo prestar uno de mis kimonos. ¿Hacemos eso? Di que sí, por favor. Estoy segura de que Kaya te lo agradecerá también, siempre estamos hablando de eso, de lo increíble que sería que volvieras a vivir con nosotras aquí. También mamá opinaba así. Te empeñas en hacerlo todo sola y eso es imposible. Lo que te pasa es que estás cansada, no es más que eso. Entiendo tu necesidad de independencia, pero no servirá de nada que te arrepientas una vez que los errores se hayan vuelto irreversibles. Todavía estás a tiempo. Quédate aquí una temporada y te lo piensas mientras reposas. Ya has hecho suficientes esfuerzos. Esta casa también es tuya, puedes volver con la cabeza bien alta. Por favor, hazme caso. Hazlo por Kaya, seguro que ella lo quiere así también, ¿verdad, Kaya?

Kayako se limitó a abrir y cerrar sus ojos enrojecidos, sin responder a la pregunta de su tía.

—Estas cosas pasan… —continuó, esbozando una sonrisa afectuosa—. Cualquiera perdería la cabeza si no tuviera con quién hablar. Cuando uno se siente solo es capaz de cualquier cosa. Es como una enfermedad. Por eso… nadie te está juzgando. Lo primero es curar tu enfermedad…

—No estoy enferma. —Kōko habló rápido, pendiente de la mirada de su hija. Kayako tenía la boca abierta, como queriendo intervenir, y Kōko esperó ansiosa a que lo hiciera. «Si tienes algo que decir, dilo, que no te dé vergüenza», quiso animarla, intuyendo sus intenciones.

—Ya sé que no estás enferma, pero es algo parecido. Si vienes aquí y descansas, te repondrás. Si quieres continuar con las clases de piano, no hay razón para que no lo hagas. Puedes mantener tu piso y dar clases allí, o lo que sea, algún uso le encontrarás. De momento vente para acá, quédate una semana o un mes, el tiempo que haga falta, mientras reconsideras la situación. Además, así hablamos nosotras tranquilamente —dijo su hermana. Sin embargo, en cuanto se giró hacia la mesa del comedor, tronó la voz de Kayako. Era una voz ronca y amarga.

—Yo… no quiero que venga. ¿Pero qué clase de persona es? ¡La odio! ¡No quiero ni verle la cara!

Kayako salió corriendo del salón. El suelo resonó bajo sus pies. Kōko caminó dos o tres pasos detrás de ella, pero en ese momento su hermana se dirigió a sus hijos, todavía postrados frente al televisor, y les espetó:

—¿A qué esperáis? Id con ella, rápido, hacedle compañía.

Miho se levantó del sofá de un salto y apagó el televisor. Takashi la siguió.

—Tú no te preocupes, Takashi. Tú tienes que estudiar, que acabas secundaria el año que viene y no haces más que ver la tele. ¡Ah! Espera, Miho, vete a tu cuarto tú también, que tendrás deberes que hacer. Quizá sea mejor dejar a Kaya tranquila.

Los niños se retiraron cada uno a su dormitorio sin mirar a Kōko ni siquiera de reojo. Así es como se mantenía su bello y pacífico mundo en el que nunca ocurría nada, así lo protegían. Kōko inspeccionó la sala, ahora en silencio, con una extraña satisfacción. Le enternecía el esfuerzo que acababa de hacer Kayako por arrojar aquellas palabras con todas sus fuerzas contra ella.

En el instante mismo en el que su hermana se volvió hacia ella, Kōko le dijo, como si hubiera estado esperando ese momento:

—Bueno, yo ya me voy. Me gustaría ir a la ceremonia de comienzo de curso, pero no es seguro todavía. Además, no creo que Kayako quiera que vaya.

—¡Como si eso importara ahora! ¿Me puedes explicar por qué no abortaste? ¿Cómo has podido llegar a este estado? Esto es una pesadilla.

Su hermana se frotó los ojos con la mano izquierda como si realmente acabara de despertar. Había unas hilachas rojas sobre la alfombra gris. Era un trozo de hilo bastante largo.

—El parto será en septiembre —dijo Kōko mirando el hilo—. Kayako nació en agosto. Así que mis dos hijos son niños de verano.

—Pero ¿qué estás diciendo?

Al alzar la vista, Kōko casi se dio de bruces con la cara perpleja de su hermana. Sus ojos, que se había estado frotando, estaban húmedos.

—… Lo más importante para un hijo es poder formar parte de la vida de sus madres. Por eso no puede una salir huyendo así como así.

—Deja ya de decir tonterías, Kōko. Ya has dicho suficientes.

Su hermana arrastró las piernas hasta el sofá, tambaleándose, y se sentó. Kōko la siguió y recogió el bolso y la rebeca que había dejado ahí. El cuerpo le pedía tomar asiento y descansar, pero temía que, si lo hacía, ya no tendría fuerzas para volver a su piso. Ese sofá le traía muchos recuerdos. Era de color azul oscuro y tan blando que apenas ofrecía soporte. También Hatanaka se había sentado ahí. De estudiante, con el bochorno veraniego, ella se había tumbado allí a dormir la siesta empapada en sudor.

—… Bueno, ya me voy… Vendré otro día, ya que Kayako va a seguir aquí…

Aprovechó que su hermana se había quedado sin palabras para dirigirse rápidamente a la puerta. Al ver sus viejos zapatos de tacón bajo, ya gastados, dispuestos con tanta compostura sobre el *tataki*,[19] expulsó una bocanada de aire que no era ni una exhalación profunda ni un suspiro. Se calzó, abrió la puerta y salió. Su hermana no se levantó para despedirse.

El aire de la calle era frío. A Kōko le sobrevino la sensación de estar en una playa tranquila. Los árboles de la acera dibujaban siluetas de un azul muy oscuro y se agitaban haciendo sonidos similares al del agua. La gravilla del suelo parecía emanar una fosforescencia azulada. No circulaba ni un solo coche por el barrio residencial. A lo lejos sonó algo parecido a un trueno.

Kōko tomó aire y echó a correr. Quería llegar a la avenida, pero su cuerpo grueso y pesado no lograba avanzar como ella quería. Tozuda, continuó intentándolo. En su mente flotaba la imagen de una niña correteando libre y alegremente por una playa inmensa. Era ella con diez años, solo que idéntica

---

19. Espacio entre la puerta y el interior de la casa en el que se dejan los zapatos en las viviendas japonesas.

a Kayako. A lo lejos veía la silueta de su hermano corriendo muy por delante de ella. Kōko se quedaba contemplando con gran emoción la quietud de la playa que se extendía frente a sus ojos fundiéndose en un solo color. El puntito en el centro era ella. Soplaba un viento fresco y agradable. Y su hermano, tan lejos. El sonido de las olas y el de sus pisadas. Las de los dos. No, había una tercera persona. Detrás de ellos. Se giró para mirar sin dejar de correr. Era Kayako con seis años, gritando algo mientras corría. Su cuerpo entero se veía negro, seguramente porque estaba cubierta de arena mojada. Espera, mamá, esperaaaa. La voz de Kayako viajaba al son de las olas. Kōko volvía a mirar de frente y aceleraba el paso. Su hermano se daba la vuelta y la saludaba con la mano. No, no era su hermano. Era Doi. Era Doi quien agitaba su mano así. No, tampoco era Doi. Era un niño al que no había visto nunca. Le resultaba familiar, pero no sabía por qué. Los dos corrían demasiado rápido como para poder distinguir nada. Era como si cada uno de ellos se estuviera desplazando en una pequeña válvula de vacío. La válvula de vacío sobrevolaba la playa en horizontal. La distancia entre los tres se iba agrandando, y la voz de Kayako sonaba cada vez más lejos. Ella misma era Kayako, y sin embargo dejaba que desapareciera en la arena. Ella misma era Kayako, y sin embargo la dejaba ahí abandonada…

En la avenida, Kōko paró un taxi y se metió dentro.

Cuando el coche se puso en marcha sintió de repente un dolor agudo en el vientre. Su campo de visión se cubrió de un polvo dorado. Le pidió al taxista que se detuviera y se bajó. No podía ver nada más que polvo dorado. Buscó a tientas una barra a la que agarrarse y se acuclilló. «Esto me pasa por correr», quiso pensar, intentando buscar una explicación al dolor, pero lo cierto era que no tenía ningún interés en su cuerpo. Solo quería seguir pensando en esa playa a la que sin duda había ido alguna vez. ¿Habrían ido su madre, ella y su hermano en el pasado? No recordaba que hubieran hecho nunca un viaje familiar, pero entonces ¿cómo pudieron estar ella y su hermano corriendo a orillas del mar? ¿No sería un viaje que había hecho con Doi y Kayako y que hubiera tenido la desfachatez de olvidar? ¿O quizá había sido con Hatanaka y la niña, y ahora estaba mezclando los recuerdos?

En ese momento Kōko se acordó de que el pueblo de los padres de Hatanaka estaba situado en la costa del Mar de Japón. Lo habían visitado una vez cuando Kayako era un bebé. Pero allí no había playa, sino un puerto pesquero sin ningún encanto rodeado de cemento. Aquella vez el viento soplaba demasiado fuerte para la niña y a los cinco minutos se habían tenido que alejar del mar. Fue una pena, con la ilusión que le había hecho a Hatanaka llevarlas hasta ahí. Aquel era un mar oscuro, inmóvil, que no dejaba ver su inmensidad.

Mientras esperaba pacientemente a que cediera el dolor, Kōko continuó buscando en su memoria una playa en la que hubiera correteado junto a su hermano, y mientras buscaba y rebuscaba se quedó dormida.

Cuando despertó habían desaparecido tanto el dolor como los polvos dorados de su vista. Kōko se puso a caminar por un barrio en el que nunca antes había estado. Los pequeños comercios seguían abiertos. Se asomó a uno de ellos para mirar la hora: apenas habían pasado quince minutos desde que salió de casa de su hermana.

5

Kōko seguía dormida en su apartamento cuando empezó la ceremonia de comienzo de curso de Kayako. Oyó a lo lejos a alguien sacudiendo el futón, el claxon de los coches que circulaban por la calle, vehículos anunciando algo desde sus altavoces…, y se sintió como si estuviera durmiendo dentro de una caja pequeña en lo alto de una lámpara de mercurio. Una caja de cristal translúcido que refractaba la luz dorada de la mañana de una manera cegadora, por lo que los transeúntes no podían ver a Kōko dormida en su interior.

En un estado de duermevela se imaginó que ya había nacido el bebé y que estaba inmersa en la rutina de la crianza. En un año, por esas fechas, el bebé tendría siete meses y estaría empezando a gatear. Le ha salido ya algún diente que otro y quizá esté en la edad en la que les molesta que les cambien el pañal. Intenta huir gateando y Kōko lo agarra por la pierna y le da un golpecito en el minúsculo culete marcado por una mancha azul, y le regaña.

¡No! No te muevas, tienes que quedarte quieto.

Y llama a Kayako.

Tráeme un pañal nuevo.

Toma. Y tú… cállate un poquito, que no haces más que llorar, ¡llorón! Y no pongas esa cara de pena.

Pero qué dices, si pone las mismas caras que su hermana. Mira, ¿ves? Ya se siente mucho mejor. ¡Mira cómo sonríe!

Venga, llévatelo a la cama, que ahora voy yo con el biberón.

No quiero domí toavía, quiero jugá un datito má.

De eso nada. Si te acuestas tarde ya sabes lo que pasa, vienen los fantasmas.

No, no venen. Cuando me duemo coméis cosas yicas. Os he visto.

¿Ah, sí? ¿Como qué?

El llanto del bebé retumba en toda la casa.

¿Qué pasa?

No pasa nada, será que tiene hambre.

Kōko coge al niño en brazos y de repente se encuentra en un parque de noche. Un Doi extrañamente envejecido se acerca a ella y le habla.

¡Qué grande está! ¡Pero si es igualito a Kayako!

Kayako entona la «Canción de cuna» de Brahms subida en lo alto de una estructura de juego para niños.

Pues claro, porque los dos son hijos míos.

Son medio hermanos. Y he pensado que para ser medio hermanos se parecen mucho, por eso lo digo. No te pongas así.

Los dos son solo míos.

No digas tonterías.

Yo no le pido nada a nadie.

Les pides a los niños que vivan, que ya es bastante.

No es verdad. Cuando uno vive, no piensa que vivir sea una exigencia. Mis hijos me están agradecidos.

Te veo muy segura de ti misma.

No me puedo permitir lo contrario.

¿Disfrutas cogiendo al bebé en brazos y todo eso?

¿Desde cuándo eres tan desagradable?

Qué le vamos a hacer, ya no soy joven. Entonces dime, ¿ha rellenado tus vacíos, como esperabas?

Eso lo sabrás con solo ver al niño.

Estás muy delgada.

Sí, porque no duermo. Siempre tengo los ojos abiertos.

Ya decía yo.

¿Ya decías qué?

También fue así cuando nació mi hijo. Uno piensa en tener hijos con un fin muy concreto, pero para eso es mejor no tenerlos. Yo aprendí la lección. No sé cómo te ha dado por parir otro ahora.

Estuve esperando a que llegara alguien a mi vida, pero como no llegó, decidí crearlo.

¿Qué dices? Si fuiste tú la que se fue de mi lado. ¿Por qué tuviste que salir corriendo por semejante tontería?

Porque tu niñito…

¿Cómo que *mi niñito*? ¿De verdad crees que los hijos valen tanto?

Pero son tan tiernos…

Claro, el mío también me parece tierno, y especial. Pero no es más que eso. Da igual cuántos hijos se tengan, los padres siempre están solos. Eso lo sabe cualquiera. Tú solo quieres olvidarte de las cosas feas aferrándote a los niños porque son más manejables. ¿Cómo vas a salir adelante sin un hombre en tu vida? ¿Me puedes decir una sola cosa buena que te haya traído este niño?

No, no me ha traído nada bueno. Ni una sola cosa buena. Pero mira qué tierno es. Mira cómo te sonríe.

Está sucio y da asco.

¡Cómo se te ocurre decir algo tan terrible!

Te digo la verdad con total honestidad precisamente porque creo que el bebé es mío.

No es tuyo.

Es hora de que me lo devuelvas. Su madre está esperando en casa.

Ni hablar, no pienso dártelo.

Kōko trata de escapar con el niño en brazos. Justo entonces Kayako baja del parquecito y corre hacia ella blandiendo en el aire algo plateado y refulgente que empuña en su mano derecha. Es un sable en forma de media luna, al estilo antiguo. Está furiosa, roja de ira.

También Kayako quiere atacar al niño. No sé por qué todo el mundo desea acabar con él.

Porque es un niño falso.

La voz de Doi alcanza la espalda de Kōko mientras corre.

¡Ten piedad, por favor, ten piedad! ¿No ves lo tierno que es?

Kōko grita, pero la voz de Kayako se superpone a la suya. Una voz grave, adulta. Es la voz de Hatanaka.

Kōko huye sin ninguna esperanza de salvarse. No hay forma de que pueda salvarse. Por un momento quiere lanzar al bebé y deshacerse de él, pero es muy tarde, ya ha nacido, y eso es un hecho irreversible. Es demasiado tarde. De pronto siente miedo del niño que protege entre sus brazos. Quiere soltarlo. La aterroriza, no se atreve a mirarlo. Pero sus manos se han fundido en la carne del bebé, blanda como un plátano demasiado maduro.

Agotada, embargada por la desesperación, Kōko se levantó de la cama con dificultad, como alguien que se arrastra y jadea intentando salir de un lodazal. Al darse cuenta de que estaba en su apartamento respiró aliviada. «Ya estoy a salvo», se dijo, acariciándose la barriga redonda con las dos manos.

Se apartó de la cama y, sin quitarse el pijama, se dirigió a la cocina y abrió la ventana. El cielo estaba raso y profundo. Cuando fue a abrir el grifo vio a un pequeño insecto marrón que debía de haberse caído de uno de los platos y estaba sacudiendo las patas boca arriba tratando de darse la vuelta desesperadamente. Los platos sucios de hacía dos días continuaban en el fregadero. Uno de ellos tenía restos resecos de salsa de curry. Kōko abrió el grifo con ímpetu sin dejar de mirar al bicho, observando cómo luchaba por su vida cuando el chorro impactó sobre él como una cascada y lo arrastró hacia el desagüe. Kōko mantuvo los ojos clavados en la corriente de agua un rato más.

Por la tarde llegó a la tienda de instrumentos musicales con treinta minutos de antelación. Era la hora de comer y no había nadie en la oficina. Se acercó a la sala de prácticas en la que estaba inscrita la letra A, giró la llave y entró. Después de echar un vistazo al interior de la tienda desde la cristalera, se sentó al piano. Levantó la tapa, cogió una partitura del armario contiguo y la colocó sobre el atril. Era un minué de Händel, una pieza sobria. Empezó a tocarlo. Se imaginó a unos niños bailando descalzos por una pradera en un día cálido de primavera. Sin embargo, pese a la aparente soltura con la que se movían sus dedos, no lograban caer sobre las teclas correctas. Bastaba con tocar una sola nota mal para que toda la composición se viniera abajo de forma estrepitosa. Kōko levantó las manos del teclado, las colocó sobre sus rodillas y se limitó a leer la partitura. El minué continuó sonando en su cabeza.

Cuando era pequeña, en el salón de su casa había una ventana junto al piano, y si sacaba el brazo podía tocar la parra del jardín. Kōko recordó cómo su hermano y ella alargaban la mano para coger unas uvas diminutas y llevárselas a la boca. Las telarañas adheridas a la piel de la fruta le dejaban la boca áspera y arenosa y ella siempre había pensado que ese era su verdadero sabor. Su hermano se las tragaba enteras, con la piel y las semillas. Justo debajo de la parra, el perro les ladraba desde su caseta.

La puerta de la sala se abrió y entró el primer alumno del día.

Por la noche, después de cenar fuera, llegó a su apartamento y se encontró con que la puerta no estaba cerrada con llave. Se preguntó si se le habría olvidado cerrar cuando salió, pero al entrar vio a su hermana sentada en la cocina.

—Tardabas tanto que estaba a punto de irme —dijo—. ¿Llegas siempre tan tarde?

Kōko asintió y dejó su bolso sobre la mesa. El televisor estaba encendido.

—¿Las llaves te las ha dado Kayako?

—Sí, así es. No te lo tomes a mal. Como te niegas a verme, no me quedó otra que venir.

—No es verdad, no me niego… —Kōko esbozó una sonrisa amarga y se dirigió a la nevera rodeando la mesa.

—¡Es que menudo espectáculo diste ayer! Esta mañana he acompañado a Kayako a la ceremonia de comienzo de curso… Parecía triste.

—Lo siento… Por cierto, es la primera vez que vienes a mi casa. —Kōko sacó una cerveza de la nevera.

—Me gusta, es un buen piso.

—Sí, afortunadamente. ¿Quieres una cerveza?

—No, no te preocupes. No me voy a quedar mucho tiempo.

—Pero un vasito puedes tomarte, ¿no?

Kōko colocó un vaso frente a su hermana y lo llenó de cerveza. Después se sirvió otro a sí misma, volvió a abrir la nevera y rebuscó en el interior hasta que encontró un queso azul que no había abierto desde que lo compró hacía tiempo. Lo dejó encima de la mesa.

—Perdona que solo tenga esto... La verdad es que siempre nos han gustado los sabores raros, como este o el *surume* [20] o el *kusaya*, [21] ¿verdad? De adulta me sorprendió mucho descubrir que en realidad todo el mundo odia el *kusaya*.

—Son cosas que se comían en casa porque le gustaban a mamá, y eso que ella ni siquiera bebía. Yo hace mucho que no como nada de eso. En todo caso de lo que yo quería hablarte es... —La voz de su hermana se debilitó y Kōko aprovechó para interrumpirla.

—¿Pensará todo el mundo que su infancia fue la mejor época de su vida? Yo no sabía nada del mundo exterior, y aunque siempre estaba deseando salir y no veía la hora de poder irme de casa, al final si me gustaba el *kusaya* era simplemente porque mamá decía que estaba rico. Cuando lo pienso siento una nostalgia tremenda por aquellos tiempos. Por muy madura que me considerara en ese momento en mi forma de pensar y de actuar, yo no era más que una niña normal y corriente que hacía lo que hacen todos los niños... ¿No es enternecedor que la comida preferida de un niño sea la de sus padres?

20. Tiras de calamar seco.

21. Pescado seco en salazón que se caracteriza por su mal olor.

—Da grima —dijo la hermana, casi en un susurro, con los ojos clavados en el vaso.

Kōko la miró fijamente y continuó hablando.

—Me pregunto cómo habría sido todo si hubiera estado papá. Mamá parecía cansada y nos dejaba claro que se le había endosado una carga a la que tenía que enfrentarse ella sola, pero la realidad es que pudo educarnos como le dio la gana, y pienso que en el fondo se sentía satisfecha por ello. Lo he pensado mucho criando a Kayako. Cuando ella hace algo mal me doy cuenta de que le digo las mismas cosas que me decía mamá. Y me sorprende lo mucho que nos parecemos. ¡No en vano soy su hija! Si hubiera vivido papá, supongo que no me habría parecido tanto a ella. Las madres solteras somos caprichosas y testarudas. ¿Y tú? ¿Cómo ha sido tu experiencia?

—… Eso no hace más que confirmar que no es sensato criar a los hijos tú sola. Si al menos te mudaras a nuestra casa…

Kōko desvió la mirada hacia la pantalla del televisor y habló a toda velocidad para poder colar sus palabras entre las de su hermana.

—No quiero olvidar de dónde vengo, la educación que recibí y quién soy. Si nuestra infancia no fue normal, yo tampoco quiero serlo.

Su hermana enmudeció. Kōko también se quedó callada, con los ojos clavados en la pantalla del televisor. Estaban poniendo una telenovela que nunca había visto antes, aunque los actores le resultaban familiares. Al cabo de un rato su hermana sacó una hoja arrancada de un bloc de notas y la colocó encima de la mesa. Kōko fingió no darse cuenta y continuó viendo la tele.

—No sirve de nada seguir discutiendo. Me voy. Pero que sepas que tienes ya una edad, aunque solo se note en los años que cumples, así que te pido que te lo pienses. Este es un médico que conocemos. Es un profesional, no hay riesgo de accidentes y respetará la confidencialidad. Si te parece bien, ve a verlo mañana mismo. En un estado tan avanzado no puedes ir a cualquier médico, sería peligroso. Ya le he hablado de ti. Tú solo tienes que ir relajada, sin preocuparte por nada más. Dicen que lo ideal es que te ingresen un mínimo de tres días, pero eso es algo que puedes hablar con él cuando vayas… A mis cuarenta y tres años no voy a llevar a mi hermana de treinta y seis al hospital a la fuerza, así que… ¿Me harás el favor de ir? Kaya no sabe nada de esto todavía, no te preocupes. Tú tienes que cuidar de ella. No puedes, a estas alturas, hacer nada que requiera que alguien cuide de ti, eso no está bien. Porque nadie puede cuidarte, ¿entiendes? Ni siquiera has podido asistir a la ceremonia de comienzo de curso de Kaya… Si lo que necesitas es a alguien que te proteja, tómate tu tiempo y búscate a alguien con quien puedas volver a casarte… Bueno, tú piénsatelo, ¿de acuerdo? Me voy…

Kōko se levantó de la silla para despedir a su hermana.

Esperó a que terminara de calzarse, y cuando la tuvo de frente, Kōko no pudo evitar hacerle la pregunta que le vino a la mente en ese momento.

—¿Tú has tenido que ir a ese médico también alguna vez?

Su hermana se quedó pálida y boquiabierta. No era una pregunta malintencionada, por lo que Kōko se sintió mal al verla reaccionar así y forzó una sonrisa. La puerta se abrió con fuerza y se cerró de inmediato. La figura de su hermana desapareció, pero Kōko sintió que sus ojos rencorosos seguían brillando al otro lado. Como los de la mujer de Doi aquel día. No recordaba exactamente cuándo; seguramente antes de que naciera el hijo de Doi, aquella vez que Kōko fue con unos amigos a visitarlos a él y a su mujer. Esos ojos… O quizá solo se los había imaginado. Aunque casi nunca soñaba con Doi, en aquella época soñó varias veces con su mujer. En sus sueños ella no la acusaba ni la insultaba, sino que le lanzaba una mirada llena de odio; no parecía darse cuenta de que la persona que tenía en frente era Kōko, y quizá por eso no ocultaba su ira.

Kōko siguió viendo la tele y bebiendo cerveza. La telenovela concluyó y dio paso a la información meteorológica. Anunciaban buen tiempo para el día siguiente.

—Nadie se alegra… —susurró Kōko. Quería verbalizarlo—. Nadie se alegra —repitió una segunda vez, y añadió para sus adentros: «pero me da igual».

Sintió escalofríos. Le entraron ganas de comer *kusaya;* la conversación le había traído a la mente aquel sabor. De repente, sintió tal nostalgia que quiso llorar a lágrima viva. ¿Por qué su hermana no había querido rememorar los viejos tiempos con ella?, se preguntó con rabia. Cogió impulso y se levantó de la silla. No quería llorar ahora, ya habría tiempo más adelante. Se quedó pensando de pie durante un rato y por fin levantó el auricular del teléfono. En el momento en el que hundió el dedo en el dial se dio cuenta de que no recordaba el número y se apresuró a sacar su libreta del bolso. Con la mirada clavada en la información de contacto, Kōko marcó cada número lentamente. Sentía su cuerpo flotar como una bolsa de aire. No, no solo su cuerpo. Era como si todo el apartamento estuviera flotando en el espacio. Recordó la pecera refulgiendo bajo la iluminación artificial del acuario. Seguramente si fuera ahora al acuario se encontraría con las mismas peceras; solo habían pasado seis años, al fin y al cabo. Kayako tenía cinco años, y yo treinta. Los nombres de los peces. Pirarucú, pez pulmonado del Nilo, catán pinto, pez cocodrilo.

El teléfono continuó sonando al otro lado de la línea. La persona a quien llamaba vivía en un piso pequeño de dos habitaciones, por lo que por mucho que tardara en atenderla no daría tiempo a que sonara más de cuatro veces. Sin embargo, el teléfono sonó cinco veces, y seis, hasta que Kōko empezó a aceptar que realmente no había nadie en casa. Entonces se envalentonó: cuanto más sonaba, más se resistía a colgar, sumida en el ritmo de ese sonido, su mano aferrada al auricular. Era como tocar varias veces el timbre de una casa aun sabiendo que estaba vacía. Nadie se iba a dar cuenta, pero le daba la impresión de que había algo de ilícito en su comportamiento. Hacía tiempo que no hacía nada por el estilo. En el pasado, alguna vez había llamado a casa de Doi solo cuando sabía que no había nadie. Dejaba que el teléfono sonara unas veinte veces antes de colgar, satisfecha.

Doi confiaba en Kōko; eran amigos de la universidad y él nunca le ocultaba nada innecesariamente. A Kōko no le importaba su transparencia. Así se mantenía al tanto de su vida, hasta cierto punto: sabía cómo y cuándo iría su mujer a visitar a sus padres, las heridas que se había hecho su hijo, qué amigos habían ido a verle a su casa, etc. Se deleitaba en poseer toda esa información íntima porque consideraba que le daba ventaja, y por eso le había perturbado tanto enterarse de repente del embarazo de su mujer.

Pirarucús. Unos peces de dos metros de largo, parecidos a un dinosaurio, que había visto con Doi y Kayako. Sus escamas negras y nacaradas brillaban rosadas cuando les daba la luz. Nadaban en una pequeña piscina que había en un rincón oscuro del acuario, casi al alcance de la mano. Eran demasiado grandes para estar encerrados en un espacio tan pequeño, y más que nadar avanzaban como torpedos lentos y pesados, desplazando el agua a su paso. Habría cinco o seis. A Kayako le daban miedo y no quería acercarse a menos de un metro de ellos, pero Doi la cogió en brazos contra su voluntad, la levantó y la acercó al borde de la piscina para que pudiera verlos desde arriba. Kayako lloró con tal fuerza que parecía que iba a romper los cristales del acuario.

«Pero si les encanta que les digan hola», dijo Doi decepcionado mientras bajaba a Kayako al suelo.

El interior del acuario estaba oscuro, y quizá por esa razón Kōko no podía dejar de pensar que en cualquier momento los pirarucús iban a deslizarse fuera de la piscina y empezar a nadar entre la gente. Lo que le aterraba no era la apariencia física de los pirarucús, sino esa posibilidad.

Una vez le había dicho a Kayako que lo que más miedo le daba era el agua. Kōko se imaginó por un momento que su piso se inundaba hasta arriba y que aquellos pirarucús negros con sus destellos rosados y su forma de torpedo se ponían a nadar en círculo. La imagen le pareció tan real que sin darse cuenta cerró los ojos. Ojalá se quedaran ahí congelados, rígidos y gruesos, pensó.

En ese momento se interrumpió el tono de llamada que había estado sonando todo ese tiempo. Habló una voz masculina.

—¿Diga? ¿Hola?

Sorprendida ante esta irrupción inesperada, Kōko trató de hablar con normalidad.

—Hola, ¿Osada? Soy Mizuno. Perdona que te llame tan tarde.

—Ah, Kōko. No, no te preocupes, no es tarde. Acabo de llegar. Me alegro de que me haya dado tiempo a coger el teléfono.

—¿Ah, sí? Bueno. ¿Cómo estás?

—Estoy bien, como puedes comprobar. ¡Demasiado bien! —dijo Osada soltando una carcajada—. ¿Y tú?

—Yo también…, aunque no sé, creo que no. No lo sé. —Osada volvió a reírse. Kōko estuvo a punto de responder con otra carcajada, pero enseguida rectificó—. Estoy bien, claro que estoy bien. Aunque supongo que no tan bien como tú.

Osada era un buen amigo, al fin y al cabo, pensó Kōko aliviada. Era nervioso y tenía una salud delicada, pero conservaba una ingenuidad que le resultaba reconfortante; como si fuera un niño.

—Entiendo. No estás ni bien ni mal, ¿no? ¿Y Kaya? ¿Qué tal está?

—Bien, ya está en la escuela media. Se ha pasado volando.

—Sí. Los adultos, en cambio, seguimos todos iguales.

—Es verdad. Por cierto… —Kōko se tropezó con sus propias palabras. No recordaba por qué había sentido la necesidad acuciante de llamar a Osada.

—¿Qué pasa? ¿Quieres que le transmita algo a Hatanaka?

—No, no es eso…

—¿Pero qué te pasa? No es propio de ti estar tan callada. A Hatanaka me lo encontré el otro día por casualidad.

—¿Sí? ¿Y qué tal estaba? —preguntó Kōko recobrando fuerzas momentáneamente.

—Ese sí que está demasiado bien. Me contó que lo han ascendido en el trabajo. Lo vi más gordo.

—Su empresa se dedica a las herramientas de jardinería, ¿verdad?

—Sí. Y el caso es que parece que está motivado.

—Claro.

—¡Cómo cambian las cosas! Han pasado casi diez años, ¿no?

—No, solo ocho. No me parece tanto —dijo Kōko, sorprendida por lo rápido que se le había pasado ese tiempo.

—Ocho años, claro. ¿Qué me querías decir, entonces? Si prefieres que lo hablemos cara a cara, nos podemos ver.

—Sí, sería mejor… No, en realidad no puedo. Además…

—¿Pero por qué estás tan indecisa?

—¿Qué? —respondió Kōko con la cara arrebolada.

—Te noto rara hoy, algo te pasa. ¿Por qué no quieres que nos veamos?

—Lo sabrás si nos vemos.

—Pero como no nos vamos a ver, no lo voy a saber.

—Es verdad…

—… Si no te importa, voy a ir a verte ahora.

La voz de Osada se volvió densa, como si estuviera empapada en agua. Los pirarucús volvieron a nadar entre los pies de Kōko.

—No, no vengas. No quiero verte. No se trata de Hatanaka, ni de ti tampoco. No tiene nada que ver contigo. Así que… déjalo. Perdona, pero ahora no puedo hablar. Te llamaré otro día.

—Un momento. ¿No está Kaya contigo? ¿Le ha pasado algo a…?

La voz de Osada se entrecortó, y en ese interludio Kōko logró alcanzar una serenidad inesperada. Miró a su alrededor. No había ni rastro de agua en el piso.

—Sí, es por Kayako. Siempre anda diciendo cosas hirientes. ¡Qué difíciles son las niñas…! Pero no te preocupes, solo necesitaba que alguien escuchara mis tonterías. No sé por qué te he llamado a ti, desde luego estoy mal de la cabeza. ¡Llamarte para esto! Bueno, ya hablaremos otro día, cuando nos veamos. Hasta luego.

Kōko colgó sin concederle ni un segundo más. Osada era la última persona a la que le debía contar lo que le iba a contar, se daba cuenta ahora. De seguir adelante con el embarazo, tendría que hacerlo sola. Daría a luz sola y criaría sola al bebé.

Caminó hasta el dormitorio de Kayako, se sentó en el escritorio y encendió la lámpara de mesa. Había en la pared una fotografía de un paisaje de alta montaña. Kōko la contempló fijamente: una única flor blanca abría sus pétalos sobre un fondo verde borroso. Era una postal que Kayako se había comprado el año anterior durante su viaje de fin de curso. A Kōko le había traído de regalo una muñeca con cascabel que ahuyentaba el mal.

El día del viaje Kōko había despedido a su hija en la estación de tren, donde estaban reunidos los niños. Conforme fueron llegando habían ido formando dos islas humanas, los chicos por un lado y las chicas por otro, como si hubieran decidido compartir su emoción únicamente con compañeros de su mismo sexo, quizá para poder gritar de alegría con el mismo timbre de voz. Sin embargo, bastaba observar con un poco de atención para ver que cada una de las niñas estaba pendiente del grupo opuesto y viceversa, y ambos bandos se miraban mutuamente como animalitos curiosos. Era lo natural y lo saludable a esa edad; tendrían once o doce años. Kayako había tenido su primera menstruación tres meses antes y a muchos niños ya les estaba cambiando la voz. Estaban en esa etapa de la vida y lo mejor que podían hacer los adultos era contemplarlos con cariño y, si acaso, con algo de nostalgia.

Pero a Kōko le resultaba imposible tomar distancia. Le preocupaba sobremanera esa conciencia del sexo opuesto que despertaba conforme los niños se iban desarrollando. Los pechos crecían, la voz cambiaba. Hasta ahí, todo bien. ¿Pero por qué destinaban tanta energía y atención al sexo opuesto en lugar de dedicárselo a sí mismos y a la transformación que se estaba produciendo en ellos? Le pareció patético ver a Kayako tan cohibida y camuflada en el grupo de niñas, y sin embargo tan atenta a la mirada de los niños. ¿O acaso era Kōko incapaz de observar a su hija con distancia precisamente porque no tenía a ningún hombre en su vida? Kōko miró a las mujeres sonrientes que la rodeaban, todas ellas madres y esposas, y no pudo evitar sentir un resquemor que intensificó su irritación.

Así que ella no era la única que estaba obsesionada con los hombres…, pensó entonces, dejándose llevar por una furia irracional. Su entorno la había juzgado duramente por esa obsesión, incluso la habían tachado de ninfómana, pero ¿acaso no lo era? Sabía perfectamente que había un deseo voraz en ella que se manifestó desde su más tierna infancia. Había deseo cuando se divertía con su hermano, y por eso le gustaba tanto jugar con él. ¿Y cuando de pequeña soñaba con que su padre muerto, al que ni siquiera recordaba con vida, la cogía en brazos y la acunaba? La felicidad que sentía en esos momentos había sido sin duda de naturaleza sexual.

¿Cuántas veces había hundido la cabeza en el pecho desnudo de Doi convenciéndose a sí misma de que no pasaba nada, de que ella había nacido así y ya no iba a cambiar a esas alturas? No podía evitar preguntarse si su amor por Kayako no sería solo aparente. Si Doi le hubiera dicho que tenía que dejar a la niña en algún lugar lejano a cambio de estar con él, Kōko habría sido capaz de hacerlo, de abandonar a su propia hija con tal de no perderlo. Cuanto más consciente era de ese egoísmo tan espeluznante más se desnudaba frente a Doi y con más desesperación se acostaba con él. Al fin y al cabo, él la había hecho sentirse viva en un momento en el que ella había perdido toda esperanza de resultar atractiva para los hombres. Acababa de separarse de su marido después de sentirse rechazada sexualmente por él una y otra vez. Y pese a saber de sobra lo que se sentía cuando a una le arrebataban a su marido, ella no había tenido reparos en hacerle lo mismo a la mujer de Doi. Fue al conocerlo cuando Kōko descubrió que en el fondo ella misma estaba dominada por la fuerza del instinto, una fuerza que la llevaba a protegerse con uñas y dientes de un modo irracional. Darse cuenta de que esa era su verdadera identidad la había hecho llorar de amargura. Pero, curiosamente, también le había traído un extraño sosiego.

Además, estaba segura de que ella no era la excepción. ¿No había acaso algo sexual en las carcajadas eufóricas de los niños, en su forma de tocarse los hombros, de darse golpecitos y de reírse doblando el cuerpo? ¡Claro que lo había! Primero despertaba en ellos la conciencia del sexo opuesto, luego se empezaban a dar la mano y un buen día entrelazaban sus cuerpos y tenían hijos y cada uno se reafirmaba en su género y ellas se convertían, por ejemplo, en esas madres que estaban ahora despidiendo a sus hijos en la estación. Se hacían llamar personas, pero en realidad eran pedazos de deseo carnal. No eran más que eso… Y, al pensarlo, Kōko sintió de pronto que le acababan de arrebatar algo que le había servido de sustento hasta entonces.

No. Era retorcido. Era retorcido pensar, aunque solo fuera por un instante, que la alegría de aquellos niños era sexual. Apenas un día después de despedir a Kayako en la estación Kōko ya estaba con Osada gozando del calor de la carne. Pero ¿cómo vería a esos niños ahora que albergaba a un feto de cinco meses en su interior? ¿Habría cambiado su perspectiva? Quiso comprobarlo. Sin duda el hecho de estar embarazada habría cambiado su percepción.

Seguía sentada en la silla de Kayako.

A la media hora se levantó, por fin, y se duchó con esmero. Untó jabón en su vientre abultado y se frotó dibujando círculos con la palma de la mano.

Luego se puso el pijama y empezó a beber whisky. Cada vez que oía pisadas fuertes en el pasillo del edificio miraba hacia la entrada, nerviosa, pero las pisadas siempre pasaban de largo sin detenerse en su puerta. En todo caso era improbable que Osada fuera a verla por una simple llamada. Lo sabía, pero no podía evitar esperarlo.

«Desengánchate del hábito de esperar, lo único que consigues es una crueldad absurda contigo misma», se dijo. Sin embargo, seguía convencida de que su espera activa ejercería una atracción magnética sobre Osada lo suficientemente potente como para terminar llevándolo hasta ella, y se resistía a meterse en la cama. Sintió rabia ante su falta de determinación. Había molestado a Osada con una llamada ridícula, la primera en cuatro meses, y ni siquiera había sido capaz de decir lo que quería decir. Siempre con medias tintas…

Kōko intentó recordar cada una de las palabras que había pronunciado durante la llamada. ¿Era posible que Osada se lo hubiera tomado como una invitación carnal, como lo fueron todas las veces anteriores que ella lo había llamado utilizando a Hatanaka y a Kayako de excusa? Efectivamente así había sido hasta ahora y, de hecho, para Osada había sido siempre un motivo de alegría: verla significaba acostarse con ella. A Kōko no le importaba lo que sintiera Osada con tal de que le brindara consuelo en ese momento —¿acaso no era eso suficiente?—, así que no le pedía más. Por su parte, Osada nunca se molestaba en ocultar su pudor y sus inseguridades, más propios de un adolescente. Al fin y al cabo, Kōko era la exmujer de Hatanaka, de modo que, a sus ojos, no podía ser tan pura como las demás. En ocasiones Osada le hablaba de otras mujeres y le pedía consejo: la muchacha de veintinueve años con la que se quería casar, la enfermera veinteañera de la que se acababa de enamorar, y que como él era tan tímido ninguna de las dos parecía sospechar que él quisiera ser algo más que un amigo. Pero Kōko no quería escuchar sus historias. Le provocaban una amargura que a duras penas podía contener. Y, pese a ello, lo que hacía era doblegarse ante las expectativas de Osada y contonearse sobre su cuerpo seboso con ademanes histriónicos, convenciéndose a sí misma de que consumar el acto era parte de lo que tenía que hacer.

Pero esta vez sí que no iba a permitir que se le acercara con las mismas intenciones, pensó sacando pecho, envalentonada por el alcohol. Habían engendrado un hijo. Quería incrustar a golpes en la barriga grasienta de Osada que lo carnal no empezaba y terminaba en lo carnal, que todo acto tenía sus consecuencias. En ese momento Kōko se dio cuenta de lo que acababa de ocurrir: se había alejado del deseo sexual. Quizá el embarazo consistía en eso.

Sí, siempre le había aterrorizado quedarse embarazada, pero en el fondo tal vez lo había estado deseando por pura supervivencia. Siempre que tomaba precauciones, tanto con Doi como con Osada, tenía la extraña sensación de estar haciendo algo mal, como si estuviera atentando contra su amor propio, y algo en su interior no se lo perdonaba. Quizá ya no quería continuar relacionándose con los hombres en una dimensión meramente sexual.

O quizá era la edad, los treinta y seis años que tenía, lo que le había hecho ver las cosas de otra manera. Había tenido que quedarse embarazada y estar a punto de parir un hijo para poder escapar de la libido que corría dentro de ella como lava. De pronto se sintió orgullosa de su determinación, y ese orgullo se convirtió en resentimiento no solo hacia Osada, sino también hacia su hermana, hacia Doi y hacia Hatanaka por juzgarla tan duramente una y otra vez. Continuar adelante con el embarazo era la única forma de que Doi comprendiera por qué ella había evitado quedarse embarazada de él a toda costa y lo mucho que necesitaba, pese a todo, liberarse de la fuerza del deseo carnal. Para Doi, Kōko no había sido más que un trozo de barro caliente al que se abrazaba de vez en cuando.

Kōko volvió a llamar a Osada, dejándose llevar por la embriaguez. Esta vez, el teléfono sonó y sonó sin que nadie respondiera.

Dudaba que hubiera salido a verla a ella. Se sintió ignorada. ¿Pero de qué podía quejarse, si solo se acordaban el uno del otro cuando algo los impulsaba a hablarse? Ese era el tipo de relación que tenían.

«Mañana tengo que ir al hospital sin falta», se susurró a sí misma, todavía absorta en el tono de llamada al otro lado del teléfono. El único hospital que conocía era el universitario en el que había dado a luz a Kayako.

6

Kōko se estaba poniendo los zapatos cuando alguien llamó al timbre de la puerta. Todavía notaba en su cuerpo los restos de la borrachera del día anterior. ¿Quién podía ser, a esas horas de la mañana, con las prisas que tenía?, se preguntó mientras abría la puerta. Era Osada. Lo primero que pensó fue que algo le había pasado a Hatanaka —se había olvidado por completo de sí misma—, y solo cuando vio la cara de sorpresa de Osada, similar a la de un niño al que acaban de asustar con un muñeco de resorte, recordó la llamada telefónica de la noche anterior. Perpleja, le dijo que no tenía mucho tiempo pero que pasara.

Osada se sentó en la mesa de la cocina y solo entonces pareció darse cuenta de que la transformación física de Kōko no se debía simplemente a que hubiera engordado. Kōko observó el rostro de Osada con atención, sin acordarse siquiera de ofrecerle un café. Siempre había parecido más joven de lo que era, quizá debido a su soltería, pero ahora empezaba a mostrar signos de envejecimiento. Cuanto más lo miraba Kōko, más percibía el gesto duro que había adquirido su cara, y eso le daba satisfacción: sin duda había madurado y ya no iba a perder el control de sus emociones ni montar un escándalo como cuando tenía veinte años.

—El bebé… ya ha empezado a moverse. Quería decírtelo cuanto antes, pero… Lo siento. Hoy no tengo tiempo para explicártelo… Puedo criarlo sola. Lo único que te pido es que no te metas, si me concedes eso no te pediré nada más.

Kōko le explicó lo más breve y fríamente posible que, según las leyes vigentes, Osada no tenía ninguna obligación para con el niño, y que ella lo prefería así, que quería criarlo al margen de la existencia del padre.

Osada había enmudecido, con la vista clavada en la mesa de la cocina. No se puso dramático como Hatanaka, sujetándose la cabeza entre las manos y lamentándose de su mala suerte, ni se mostró impasible como hubiera hecho Doi, fumándose un cigarrillo con indiferencia.

—Ahora me tengo que ir —dijo Kōko mirando el reloj y levantándose de la silla. Osada alzó la cabeza y la miró sin decir nada. Debía de tener la lengua seca—. Salgamos juntos.

Osada se puso de pie con torpeza y observó la barriga redonda de Kōko.

—¿Te vas a trabajar? —dijo por fin, cuando salieron a la calle.

La ciudad estaba bañada en la luz matutina.

—Trabajo por las tardes. Ahora me voy al hospital —dijo Kōko, deslumbrada por la luz, entornando los ojos para fijarse en las hojas nuevas que brotaban en los árboles de la calle.

—¿Al hospital?

Los brotes frescos de las hojas resplandecían como el agua.

—Voy a ir hoy por primera vez.

—Ah… Bueno, pues cuídate.

Kōko miró a Osada. También él tenía los ojos entornados a causa de la luz. Pensó que quizá le estaba sonriendo, pero no, solo la contemplaba con su gesto de siempre, como si tuviera algo muy amargo en la boca. Decepcionada, Kōko desvió la mirada hacia un coche estacionado a unos pasos de ella.

—No te preocupes, soy fuerte. No le des importancia. Lo mejor que puedes hacer por mí es desentenderte y dejar de preocuparte. Te estaré muy agradecida si lo haces. Así podré tener por fin un hijo que sea solo mío.

—¿Quieres decir como una especie de concepción virginal?

—Sí, algo parecido… Aunque sé que es un poco caradura por mi parte decir algo así.

—Sí, bastante.

—Pero ¿sería mucho pedir que alguien me creyera por una vez? ¡Sois todos tan realistas! ¡Y pensáis cosas tan feas! Me tenéis harta.

Aquello consiguió arrancarle una sonrisa a Osada.

—¿Cosas feas? ¿Como qué?

—No importa. Bueno, yo voy a la parada del autobús.

Osada miró hacia donde Kōko señalaba con el dedo y asintió.

—De acuerdo… Hasta luego. Puede que vuelva a llamarte. Ahora no sé…

—Claro, sé que ha sido todo muy repentino.

—Eso de la concepción virginal…

Kōko y Osada se despidieron entre risas. «Por hoy me he librado», pensó ella mientras caminaba de espaldas a él. Sin embargo, no había pasado ni un segundo cuando una sensación de angustia cayó sobre sus hombros.

Justo en ese momento llegó el autobús y Kōko se subió. Como avanzaba en la misma dirección que Osada intentó buscarlo entre la gente que caminaba por la acera, pero no lo encontró. Al poco tiempo cerró los ojos y se quedó dormida. La duda y la angustia se habían disipado, dando paso a un sopor irresistible. Quizá se debiera al madrugón. Cuando estaba embarazada de Kayako también se levantaba temprano para ir al hospital, y luego esperaba sentada en la sala muerta de sueño. Pese a lo joven que era entonces —solo tenía veinticuatro años—, se había sentido como si estuviera enferma y se había pasado el día durmiendo. Solamente pensaba en su embarazo. No le hacía especial ilusión verle la cara al bebé, no tenía ni idea de lo que significaba tener un hijo porque nunca había tenido uno, pero le fascinaba ir adentrándose poco a poco en lo desconocido, y con esa misma fascinación observaba los cambios en su cuerpo.

Ahora por fin se volvería a encontrar en esa misma situación, pensó Kōko exhausta. A partir de ahora ya solo pensaría en su barriga, en dormir bien, en ponerle un nombre al bebé, en tener una alimentación equilibrada, en los preparativos del parto. Y esta vez sí quería darle todo el cariño que pudiera a su hijo para no arrepentirse luego como le había ocurrido con Kayako. Estaba dispuesta a convertirse en una vieja decrépita con tal de que el bebé naciera sano y salvo. Quizá no pudiera ofrecerle todo lo mejor, pero a partir de ahora, ella, como madre, iba a esperar con ilusión su nacimiento para que el niño no pudiera sentir más que orgullo por el hecho de haber venido al mundo. Incluso si nacía discapacitado quería que no le faltara ese orgullo, que creciera arrogante y cruel, arropado por su madre y su hermana. Si llegara a nacer como el hermano de Kōko, no querría que viviera sintiéndose una carga para los demás.

El hospital estaba lleno de gente, como siempre, pero la llamaron a consulta antes de lo esperado. De hecho, llevaba tan poco tiempo allí, observando a las otras embarazadas con fascinación pese a que ella tenía la misma barriga redonda que ellas, que se sobresaltó cuando la enfermera dijo su nombre. Kōko se levantó del asiento con tanta prisa que se le cayó el bolso al suelo y, después de recoger las cosas desparramadas apresuradamente, entró en la sala de consulta encogida de vergüenza.

Era la misma sala que cuando estuvo embarazada de Kayako; apenas había cambiado. La última vez que estuvo en esa consulta la acababan de renovar, por lo que el único cambio, si es que se podía considerar como tal, era la suciedad que se había acumulado durante esos doce años. El linóleo color crema, que de tan nuevo y reluciente había sido resbaladizo, estaba ahora gastado hasta el punto de que se estaba empezando a descascarillar, dejando ver el cemento de abajo.

Después de esperar otros treinta minutos dentro de la consulta, una voz la llamó por su nombre desde detrás de unas cortinas. Kōko se adentró por entre las cortinas, se quitó las medias y se tumbó sobre la camilla. La enfermera le midió la barriga con una cinta métrica y a continuación se la palpó con las dos manos para calcular la posición del feto. Sin embargo, no parecía encontrarlo, y repitió los mismos movimientos una y otra vez. Luego vino el médico, puso las manos sobre la barriga de Kōko y también expresó extrañeza cuando examinó el estado del útero.

—¿De cuántas semanas dice que está? —preguntó el médico. Era joven. La enfermera respondió antes de que pudiera hacerlo Kōko.

—Se supone que de veintiuna semanas…

—¿Será que es pequeño? Qué raro. Quizá sea necesario hacer una radiografía después. Vamos a escuchar sus latidos primero.

El médico accionó el interruptor de una pequeña máquina que había junto a la camilla y colocó sobre el vientre de Kōko algo parecido a un micrófono que estaba conectado a la máquina mediante un cable. Era el mismo aparato que habían utilizado para escuchar los latidos de Kayako, de modo que Kōko sabía perfectamente el tipo de sonido que tenía que emitir, unas palpitaciones rápidas que sonaban como los chillidos de un ratón. Aquella era la primera señal que una madre recibía directamente de su bebé. Kōko contuvo la respiración para que sus propios latidos, cada vez más fuertes, no interfirieran en la recepción de la máquina, y esperó la señal de su hijo con toda su atención puesta en escuchar aquel sonido.

El médico presionó el micrófono contra su barriga y lo fue moviendo de un lado a otro inclinando la cabeza con gesto de duda. Lo único que recibía la máquina era un ruido parecido al rugido del mar. Kōko levantó la cabeza para ver la maniobra. Estaba nerviosa. Quiso decirle al feto que se manifestara de una vez o los dos se meterían en un problema, que no era momento de andar con timideces. Como si el sonido de los latidos fuera algo que un bebé emite o deja de emitir a su antojo, igual que sonríe o deja de sonreír. Kōko sintió que el médico estaba a punto de llegar a una conclusión errónea que acabaría tanto con ella como con el feto. Solo tiene que enviar una señal, pensó apretando el vientre y moviendo las piernas por si eso pudiera servir de algo.

—Nada. Te vamos a tener que examinar por dentro —dijo el médico apagando la máquina.

Kōko se incorporó con ímpetu.

—¿Qué ocurre? —preguntó.

—No sabemos todavía. A veces pasan estas cosas, es difícil oír nada cuando hay mucha grasa debajo de la piel. Ahora, por favor, espera otra vez en la sala hasta que te llamen.

Kōko se bajó de la camilla con la ayuda de la enfermera.

Se sentó en un banco que había fuera de la sala de consulta y esperó. Si iba a huir, tenía que ser ahora, pensó, pero le dio pereza incluso levantarse del asiento. No era posible que hubiera alguna anomalía. No había sangrado ni una sola vez. Ella conocía su estado mejor que nadie. Simplemente estaba demasiado gorda, no era más que eso. En un rato la examinarían por dentro, el médico descubriría que no había nada raro, ella dejaría reservada una habitación para el parto y ya no tendría que volver más a ese lugar. A su lado estaba sentada una muchacha delgada y con mala cara. Parecía todavía una colegiala. Kōko se preguntó vagamente qué estaría ocurriendo dentro de un vientre tan joven; nadie iba a un hospital universitario para un aborto ordinario. Al otro lado de la niña había una mujer que debía de estar muy cerca de dar a luz. Tenía una mano colocada sobre su barriga y no parecía encontrarse bien. El corazón de Kōko continuaba latiendo a gran velocidad. Empezó a respirar con dificultad y se le emborronó la vista. Cuando estaba embarazada de Kayako nunca había tenido ningún problema médico. De hecho, todo iba tan bien que hasta había echado en falta un poco de emoción.

Había una ventana frente a ella. Justo al lado había una estantería con un montón de material médico que proyectaba sombras contra el cristal, y al fondo, un edificio que seguramente era la zona de hospitalizaciones. Desde donde estaba podía ver las ventanas de las habitaciones iluminadas, con toallas y ropa interior colgadas junto a ellas. También podía ver el color de las flores que crecían en las macetas. Desde esa perspectiva veía las ventanas en diagonal, recortadas contra un cielo azul por la izquierda y contra las copas de unos árboles por debajo. Hasta la cuarta planta, en la que se encontraba ella, llegaban unas ramas delgadas que se rozaban contra el muro del edificio. Parecían pertenecer a un árbol joven, pero si alcanzaba esa altura tenía que ser muy grande. Kōko quiso acercarse a la ventana para sopesar el tamaño real del árbol. Sus hojas redondas resplandecían blancas como pequeñas láminas de metal. No recordaba haberlo visto antes en ese hospital.

Se acordó de que era ya primavera. Era la temporada en la que le entraban ganas de estirar el cuerpo y correr dentro de la luz, como cuando de niña jugaba con su hermano al aire libre. Como aquella vez que había pisado la arena de la playa con los pies descalzos durante una excursión escolar...

Eso era. De pronto despertó de su ensoñación. El recuerdo que tenía de sí misma corriendo por una playa era de aquella excursión. No tenía nada que ver ni con Doi ni con su hermano ni con Kayako. Habían convocado a los alumnos a cierta hora en cierto lugar, pero ella no solo llegó tarde, sino que se dejó llevar por un impulso perverso y aprovechó ese retraso para salir corriendo descalza en dirección contraria. No quería ver a nadie. Aunque era una adolescente como otra cualquiera, que disfrutaba hablando y haciendo el tonto con sus compañeras, sabía que nada de aquello podía realmente llenar su vacío. Sabía que los chicos de su edad sentían pena por la situación familiar en la que ella vivía y que al mismo tiempo la vigilaban y se decían unos a otros que era mejor evitarla. Kōko no era más que una niña torpe y delgada, pero se las arreglaba para llamar la atención de sus compañeros haciendo cosas inesperadas, como salir corriendo del aula en plena clase, o como aquella vez cuando era su turno de limpieza y lo único que hizo fue cantar a todo pulmón sin limpiar ni una mota de polvo. Ponía mucho empeño en hacer, sin motivo aparente, cosas que inevitablemente la apartaban de los demás. Pero, si no había nadie que pudiera aceptarla como era, prefería que la dejaran sola. Quizá era eso lo que pensaba. No podía soportar esa retórica de «ser todos amables para no excluir a nadie» que intentaba inculcar el instituto.

Así era ella de pequeña, se dijo Kōko mirando el trozo de cielo que se veía por la ventana. Aquel día, mientras corría por la playa, había deseado que un «hombre malo» apareciera delante de ella y se la llevara a alguna parte. Total, ¿qué podía hacerle ese «hombre malo»? Como mucho hurgar en su cuerpo mediocre. Y a cambio le descubriría un mundo inimaginable, lleno de sensualidad y libre de engaños.

Claro está, aquel día no se le apareció ningún «hombre malo»; en su lugar vino su profesor corriendo detrás de ella y puso fin a su travesura. Kōko fingió que se le había olvidado que era la hora de volver. El episodio no cambió las cosas: ella continuó yendo al colegio y volvió a reírse con sus compañeras como si nada.

Tampoco ahora era capaz de cambiar las cosas, se susurró Kōko a sí misma.

Durante el tiempo que pasó entre la consulta y su regreso al piso, Kōko se observó como si estuviera contemplando a la niña que fue, con una punzante sensación de pérdida y un sentido diluido de la realidad.

—… No hay nada —dijo el médico. Era casi un gemido.

A continuación vino otro médico con la cabeza afeitada al que llamaban jefe de departamento y se asomó al cuerpo de Kōko.

—Efectivamente, no hay nada…

Después la pasaron a una sala y la invitaron a sentarse frente a los dos médicos. No se acordaba bien de cómo reaccionó a lo que le dijeron. Lo que sí recordaba era que los médicos estaban diciendo tales tonterías que empezó a cuestionarse la realidad y el propio transcurso del tiempo. Algo se había desencajado. No podía quitarse esa idea de la cabeza.

Sin duda el tiempo y el espacio, que hasta entonces habían sido dos líneas paralelas, se habían bifurcado sin que Kōko se diera cuenta y se habían superpuesto en forma de curva hasta fundirse el uno con el otro. ¿Qué estaba ocurriendo? ¿Cuál era la verdadera realidad de ese tiempo y de ese espacio? Todo era una ilusión. Una cuerda que se había enredado, nada más. Por eso tenía que estar muy atenta para no dejarse engañar. El espacio estaba distorsionado. Si la ventana y la estantería y todo lo demás se veían como un paralelogramo perfecto era solo porque su vista se había habituado ya a la distorsión. Tanto ella como los médicos no eran más que siluetas que la distorsión del tiempo había dibujado, pero en el *aquí* no eran siluetas, sino la realidad. El idioma que oía parecía a todas luces un japonés inteligible y coherente, pero probablemente tenía un significado muy distinto, secreto, en el *aquí*. Ella tenía que hacer todo lo posible por captar el mensaje.

Kōko escuchó atentamente, con los ojos clavados en los labios de los médicos. De pronto sintió que su vista y su oído cobraban una lucidez infinita. Podía verlo todo y oírlo todo. Podía incluso detectar las venas finas como pelos dentro de la nariz del médico.

No hay feto. El mensaje cifrado retumbó en los oídos de Kōko. *No hay feto. No estás embarazada.* ¿Pero qué podía significar eso? Los médicos continuaban turnándose para enviarle a Kōko sus códigos secretos.

—Es un estado parecido al embarazo, pero no es un embarazo. No es tan raro. Las mujeres pueden padecer este estado por diversos motivos. En ningún caso es grave, por lo que no tienes que preocuparte.

—Por supuesto, sé que es difícil de asimilar, pero lo mejor es que intentes aceptar la realidad con calma.

—Podemos hacer radiografías y una prueba de embarazo para estar del todo seguros, y si todavía te queda alguna duda y no hay cambios en la barriga, podemos iniciar un tratamiento hormonal. Vamos a hacer todo lo posible para que puedas estar totalmente convencida de la realidad.

—A diferencia del cuerpo masculino, el de la mujer es delicado y complejo, hasta el punto de que podríamos decir que se rige casi exclusivamente por lo psíquico. Los trastornos menstruales, los mareos del embarazo, los abortos espontáneos, los trastornos en la menopausia, incluso el cáncer de mama y de útero están estrechamente ligados a la psique de la mujer.

—Así es. Por eso también hay trastornos que se curan solo con un cambio en el estado de ánimo de la mujer. Es el caso de los mareos en el embarazo. Hubo una mujer que sufría tanto malestar que hasta llegó a plantearse interrumpir la gestación, pero una vez que la ingresaron en el hospital y se puso a hablar con otras pacientes, su estado de ánimo mejoró y los síntomas desaparecieron.

—En tu caso, como te convenciste de que estabas embarazada, tu cuerpo te hizo caso y se acomodó a ti transformándose de forma similar a como lo haría durante un embarazo real. Tal y como ocurre con los mareos, la psique es la que manda.

—Nosotros te podemos explicar con detalle todo lo que concierne al cuerpo. Partiendo de la convicción de que estabas embarazada, empezaste a segregar las hormonas correspondientes.

El útero recibió esos estímulos y aumentó su tamaño, hasta cierto punto, claro. Luego empezaste a acumular grasa alrededor de los intestinos. Las glándulas mamarias también recibieron el estímulo hormonal y se desarrollaron, y las mamas crecieron. Hay casos en los que incluso llegan a segregar leche.

—En cuanto a los movimientos fetales, son solo los intestinos.

—Pero basta ya de explicaciones aburridas que seguramente no te interesen, ¿verdad? Lo más importante ahora son tus sentimientos, intentar entender por qué deseabas tanto el embarazo. Nuestra recomendación es que durante un tiempo te haga un seguimiento el psiquiatra del hospital.

—Hay gente que tiene una imagen muy negativa de los psiquiatras, pero son meros prejuicios. Forman parte del tratamiento habitual para algunos casos de mareos gestacionales y trastornos menopáusicos, como dijimos antes. Hay muchas mujeres que van al psiquiatra simplemente para «charlar», digamos.

—Como si fueras a tomarte un té con una amiga. Si vas con esa actitud, creemos de verdad que podrás entender muy bien lo que te ha ocurrido. Esa es nuestra opinión. ¿Qué te parece?

—Sí, puedes contarle lo que quieras, no importa si es para quejarte, para hablarle de tus recuerdos o para cotillear sobre la gente.

—Por nuestra parte, tendremos que hacer un seguimiento de tu estado físico durante un tiempo. Decías que estabas de cinco meses, ¿verdad? Has acumulado demasiada grasa para ese supuesto periodo de gestación.

—Es decir, lo que ocurre es que, si de repente el estrés generado por todos estos cambios en tu cuerpo deja de tener una vía de escape, entonces se consolida en un estado antinatural y puede incluso provocar una pequeña avería en el sistema. Afortunadamente pareces gozar de buena salud, no tienes ninguna enfermedad, así que no nos preocupa demasiado, pero siempre es mejor prevenir.

—Así es. Suponemos que esto te va a causar una conmoción, pero todo depende de cómo lo mires. A nosotros nos toca ver cada día abortos espontáneos, interrupciones del embarazo inevitables, niños que nacen muertos. Comparado con eso, tienes que considerarte afortunada de que tu cuerpo no haya sufrido.

—Por cierto, ¿por qué has tardado tanto en venir al hospital? ¿De verdad hoy ha sido tu primera consulta?

—Es ciertamente extraño. Normalmente, en estos casos, las mujeres van al médico antes incluso que las que están embarazadas de verdad, y entonces descubren lo que les está ocurriendo y los médicos pueden detenerlo antes de que sus cuerpos se pongan como el tuyo.

Seguramente para tranquilizar a los médicos Kōko aguantó todo aquello con una calma absoluta. Por fortuna no tuvo que pasar más tiempo del necesario en el hospital y solo llegó un poco tarde a la tienda de música, donde la esperaba una niña de siete años. Empezó sus clases rutinarias con ella y terminó con uno de diez. No ocurrió nada especial. Sus alumnos se sentaron frente al piano uno detrás de otro y golpearon las teclas atontados e indiferentes. Kōko corrigió la posición de esos dedos de uñas ennegrecidas con más delicadeza de lo habitual.

Después del trabajo cenó algo fuera y volvió a su piso. En el momento en que se descalzó, se vino abajo. Se quedó sentada en la entrada durante un buen rato, luego fue a su dormitorio y se metió en la cama sin cambiarse de ropa. Pero no logró dormirse. Su barriga seguía hinchada y blanda. Nada había cambiado. Le perturbaba que nada hubiera cambiado. Le empezó a doler la cabeza. Soltó un gemido y cambió de postura sin dejar de protegerse la barriga.

Podría haber aceptado cualquier otra cosa. Cualquier cosa menos eso. Humillada, sintió su cuerpo arder. Habría sido más fácil soportar que le dijeran que el feto parecía uno de esos peces pulmonados del acuario, o que parecía una lagartija, o cualquier otra cosa. Habría podido aceptar incluso que fuera solo un bulto. Pero que no hubiera nada… ¿Cómo era posible? ¿Qué quería decir que no había nada? Por muchas vueltas que le daba no lograba entenderlo.

Kōko se dio cuenta de que no se sentía capacitada para entender la nada. Una vez, de pequeña, había intentado acercarse a la idea del universo y enseguida se había empezado a encontrar físicamente mal, antes incluso de poder experimentar el terror de lo infinito. Estaba en la escuela primaria. Le resultó demasiado siniestro el hecho de que ella misma estuviera viviendo dentro de una realidad que no podía siquiera empezar a comprender.

Esa noche soñó con nebulosas que había visto en alguna enciclopedia. Fue un sueño angustioso. La nebulosa del Cangrejo, el cúmulo estelar de las Pléyades, la galaxia de Andrómeda. En un cosmos profundamente azul y violáceo, incontables estrellas emitían una luz prístina. Era algo inmensamente bello.

7

Al día siguiente Kōko faltó al trabajo y se quedó reposando en el piso todo el día. Y al siguiente hizo lo mismo. No salió ni vio a nadie.

Al tercer día por la tarde recibió la visita de Osada, que se presentó sin avisar.

Nada más sentarse en la silla de la cocina Osada le preguntó sin preámbulos:

—¿De verdad piensas tenerlo? —Al ver que Kōko era incapaz de pronunciar palabra, continuó hablando, como si en realidad no hubiera estado esperando una respuesta—. Pero entonces… sería un hijo ilegítimo, ¿no? ¿Has pensado en cómo afectaría eso al niño? Quiero decir, al margen de lo que piensen los padres. Si los niños sufren incluso por un divorcio, imagínate lo que debe de suponer ser un hijo ilegítimo… Pero bueno, en el caso de que nazca, asumiré mi responsabilidad. No me gusta la idea, pero te pasaré un poco de dinero, aunque sea para su comida. Es lo mínimo que puedo hacer, si es que de verdad soy el padre…

Osada se interrumpió y la miró fijamente. Kōko se limitó a tragar saliva y a bajar la mirada. Con la cabeza gacha vio a Osada frotarse la nariz. Así que eso era lo que él había estado rumiando esos tres días, pensó, y volvió a sentir que su cuerpo se derrumbaba como si estuviera hecho de barro. Le sobrevino una fatiga extrema.

—Me parece fatal. Tendrías que habérmelo consultado cuando todavía estabas a tiempo de abortar. Pero a estas alturas… No puedo casarme contigo, pero pienso cumplir con unas obligaciones mínimas como padre. Porque no hay ninguna duda de que soy el padre, ¿verdad? En ese caso no quiero ser un caradura y desentenderme… ¿Me estás escuchando? ¿Qué te pasa? ¿Te quedas callada cuando te conviene o qué?

Osada tragó una bocanada profunda de aire y exhaló en silencio. Los dos se quedaron un buen rato callados, frente a frente. Kōko no fue capaz siquiera de levantar la vista y calibrar la expresión en el rostro de Osada.

¿Cómo responderle, con qué palabras? Deseó con todas sus fuerzas poder intercambiar unas risas ligeras con él. ¿Qué era lo que había cambiado exactamente entre ellos? Aunque dejaran de mantener relaciones sexuales, no quería que dejara de ser su amigo y compañero de bromas. ¿Acaso era imposible? ¿Era mucho pedir? Le vino a la mente la mirada de su hermana, la de Hatanaka, la de la mujer de Doi. ¡Cuánto le hubiera gustado conversar con la mujer de Doi! Pero Kōko nunca había tenido el valor de acercarse a hablar con ella pese a saber que las dos podrían haberse consolado mutuamente y haber eliminado sus penas al instante. En lugar de eso se había fabricado una imagen de ella basada en suposiciones contra la que arrojar todos sus sentimientos de odio, resentimiento y desprecio.

Osada se levantó de repente. Kōko había perdido la noción del tiempo.

—A partir de ahora vendré a visitarte de vez en cuando, así que espero que podamos hablar abiertamente. —Kōko asintió, poniéndose de pie sin ganas, y siguió a Osada hasta la puerta—. No tienes buena cara. No deberías hacer esfuerzos. Por cierto, ¿cómo te fue el otro día en el hospital? —dijo él examinando la cara de Kōko después de ponerse los zapatos.

—Todo bien… —dijo ella reaccionando por primera vez a las palabras de Osada—. De todas formas…, ¿te vas ya? Pero si acabas de llegar y… no hemos hecho nada… —susurró, dudando de sí misma, preguntándose si de verdad se había acostado con ese hombre alguna vez. ¿Qué tipo de relación tenían? Ya no podía pensar.

—Ni hablar. Por mucho que te guste, ahora tienes que aguantarte las ganas. —Osada se rio y colocó una mano sobre su hombro. El cuerpo de Kōko se ablandó al instante—. Estás a punto de tener un hijo, tienes que guardar reposo. Bueno, vendré a verte pronto.

Osada sonrió una última vez antes de irse.

Nada más cerrar la puerta el dolor de cabeza que había empezado a sentir momentos antes se volvió insoportable, y Kōko se metió en la cama. Casi no había comido en tres días, pensó, olvidándose ya de Osada. No tenía hambre. El solo hecho de pensar en comer le provocaba náuseas. Sintió acidez y un dolor agudo en el estómago, como cuando se llenaba de gases después de comer tempura frita en aceite malo. ¿Y si ya no recuperaba nunca el apetito que había tenido hasta hacía unos días? Sintió que aborrecía más que nunca a los médicos del hospital.

Cerró los ojos y se acurrucó, y en ese momento se vio a sí misma de pequeña a lo lejos, proyectada contra la oscuridad de sus párpados. Ella con diez años, tocando una partitura aburrida de Hanon en el piano del salón. Ella en el jardín pinchando unas lombrices con una rama junto a su hermano, que acababa de volver de la residencia para discapacitados, poco antes de que él muriera por complicaciones derivadas de un catarro. Ella memorizando la tabla de multiplicar en una esquina sombría del *cha-no-ma,* de pie, después de que su madre montara en cólera por sus pésimas notas en matemáticas. Su hermana riéndose de ella. El camino al colegio que hacía a pie, un sendero sinuoso que conectaba un templo con otro. Ella y su hermano comiendo de mala gana el hígado que había de cena, llevándose cada trozo a la boca con esfuerzo porque su madre se había enfadado y les había obligado a terminárselo.

Su hermano había muerto cuando Kōko estaba en tercero de primaria. Su madre lo había devuelto a casa después de que pasara tres años ingresado en una residencia para discapacitados, y se la veía tan descaradamente feliz por tenerlo de vuelta que Kōko se quedó consternada. Su madre le había comprado la equipación de béisbol, una bicicleta e incluso un televisor, algo que todavía no era muy común por esos días. Pero lo que más le gustaba a su hermano eran las gallinas que criaban en el jardín, para las cuales se dedicó a capturar lombrices desde el primer día. Al parecer, también tenían gallinas en la residencia en la que había estado. A Kōko le divertía todo lo que hacía su hermano y lo seguía por todas partes, y él aprovechaba para darle órdenes henchido de dignidad y orgullo. La única vez que no se le trababa la lengua era cuando la llamaba por su nombre. «¡Kō-ko!» Entonces era capaz de pronunciar cada sílaba con claridad.

Su hermano se murió sin haberse llegado a acostumbrar al colegio de educación especial al que había empezado a ir en la ciudad. Durante los dos años que pasaron desde su regreso a casa, su hermano visitó la residencia de la montaña siempre que pudo y mantuvo una correspondencia epistolar con sus antiguos profesores y compañeros. Sus cartas consistían en números y unas pocas letras en *hiragana*[22] que él conocía y que luego su madre completaba para comunicar cómo le iban las cosas.

Kōko era todavía pequeña y pensaba que, al igual que había ocurrido con su hermano, algún día su padre muerto también regresaría de un bosque oscuro. Pero luego vio el cadáver de su hermano, y lo tocó, y vio cómo se transformaba en una urna, y poco a poco fue entendiendo lo que era la muerte. Por primera vez experimentó la pérdida. Ni su hermano ni su padre regresarían nunca del bosque oscuro. La muerte significaba que ya no volvería a verlos nunca más. Y se culpó a sí misma por el hecho de que los dos hubieran corrido la misma suerte. Si ella hubiera sido un bebé más dulce su padre no habría tenido que morirse. Tendría que haberle hecho más caso a su hermano. ¿Por qué no se había esforzado más por hacerle feliz? Etcétera.

Recordó que, cuando nació Kayako, su madre se había lamentado de que no fuera un niño. Como ya había uno en la familia, el de su hermana, Kōko no entendía por qué su madre seguía deseando otro varón. Cuando se lo preguntó, ella le contestó: «Porque ese niño no ha salido a nosotras, qué le vamos a hacer». Y se echó a reír, dándose cuenta de la tontería que acababa de decir.

Su hermano se murió antes de que Kōko pudiera darse cuenta de que era especial. No estaba segura de si eso fue una

---

22. La escritura japonesa consiste en tres sistemas que se combinan entre sí: dos silabarios fonéticos (*hiragana* y *katakana*) y un conjunto de más de dos mil ideogramas llamados *kanji*.

ventaja o una desventaja. Así como su hermana ocultaba su existencia a los chicos del colegio con los que salía, para Kōko él nunca fue un motivo de vergüenza. Al contrario, le parecía que el mundo en el que vivía su hermano era silencioso y libre, como el de los cuentos.

En algún momento le había hablado de él a Doi. Ella creía muy posible que el bebé que albergaba en su vientre fuera como su hermano. Aunque era una preocupación lógica en una madre primeriza, quizá en el fondo lo deseaba. Cuando le anunciaron que era una niña y que había nacido sana, puede que, además de alivio, sintiera también un atisbo de decepción.

—¿Por qué no lo vuelves a intentar, esta vez conmigo? —le dijo Doi entonces.

—Lo cierto es que esos niños dan mucho trabajo —respondió Kōko encogiéndose de hombros, perpleja ante la ligereza de Doi.

—Pero son muy tiernos —dijo él con rotundidad.

Kōko no fue capaz de decir nada más. Dado lo importante que había sido su hermano para ella, no podía evitar sentir un profundo agradecimiento por las palabras de Doi. Él había crecido con unos padres y unos hermanos sanos y tenía la suerte de contar con una esposa y un hijo inteligentes. No se daba cuenta de lo afortunado que era, y esa inocencia la conmovía. Al mismo tiempo no dejaba de parecerle absurdo que Doi quisiera tener una relación con ella. En realidad, lo único que sentía él era una curiosidad infantil por asomarse al mundo desconocido que ella le ofrecía.

Esa noche, Kōko recibió también la visita de su hija. Kayako entró en el piso con su copia de las llaves y tuvo que zarandear varias veces a su madre para conseguir despertarla. Kōko tardó un rato en darse cuenta de que quien estaba sentada en una esquina de la mesa no era otra que Kayako.

—¿Qué haces aquí a estas horas? ¿Ha ocurrido algo? —preguntó levantándose de la cama.

Aunque el dormitorio estaba a oscuras, la luz tenue que llegaba desde la cocina le fue suficiente para ver los ojos de Kayako brillando en la penumbra. Unos ojos plateados, ligeramente inclinados hacia arriba. Después de un largo silencio Kayako habló con la voz congestionada.

—Mamá…, ¿vas a tener otro hijo?

Kōko asintió sin querer.

—… Ya decía yo. Como estaba tan preocupada pensando que tendrías una enfermedad grave, la tía me dijo ayer que en realidad estás embarazada. Me quedé de piedra. ¿Por qué lo has mantenido en secreto? Yo tendría que haber sido la primera en saberlo.

Incapaz de responder, Kōko se puso de pie y caminó hasta la cocina. Miró el reloj: no eran ni las nueve de la noche. Kayako habló de lo preocupada que había estado su tía y de la angustia que ella misma había pasado, y se rio en voz baja después de mirar de reojo, una vez más, la barriga de su madre. Era una risa desconcertada. Cuando terminó de reírse, se puso de pie, ruborizada.

—He venido sin avisar a nadie, así que me tengo que ir ya. Necesitaba preguntarte por el bebé… ¿Vas a estar bien tú sola?

Kōko asintió y se quedó mirando la cara de su hija, pero Kayako enseguida le dio la espalda.

—Bueno, hasta luego entonces…

Quizá Kayako necesitaba que su madre la retuviera en ese momento, pensó, pero Kōko se limitó a despedirla en la puerta. Le dolía tanto la cabeza que lo veía todo borroso.

«Ahora lo que tengo que hacer es dormir», se dijo a sí misma mientras se tomaba un analgésico. Había olvidado cerrar las cortinas y su silueta se reflejaba en la ventana. Se miró en el reflejo y el reflejo le devolvió la mirada. En la oscuridad del cielo nocturno los contornos de su silueta flotaban nítidos, a la deriva. Perpleja, Kōko se quedó contemplando su reflejo un rato más.

Cuatro días después, Kōko recibió una llamada de Osada. La quería invitar a comer fuera. Ella rechazó la invitación en un primer momento, pero luego se lo pensó dos veces y le pidió que fuera a verla a su piso, porque había algo de lo que tenían que hablar. Él dijo que se pasaría alrededor de las siete y colgó. Kōko devolvió el auricular a su sitio y se frotó la barriga con cuidado. Le pareció que la hinchazón empezaba a menguar.

«Definitivamente no me lo va a perdonar.» Kōko exhaló con fuerza encogiendo los hombros. Llevaba una semana en la cama, atontada, recordando solo los momentos más felices de su infancia. Había sido una semana en la que solo pensó en comer y en dormir, y sin embargo se le había pasado sorprendentemente rápido. Pero no podía seguir sumida en las ensoñaciones de su niñez; en algún momento tendría que afrontar lo que le habían dicho los médicos. Sabía que no tenía nada que objetarles.

Sí, había sido un embarazo psicológico. Pero ese no era el problema. ¿Cómo se había podido convencer de que estaba embarazada, hasta el punto de provocar una transformación en su cuerpo? ¿Ella, que no deseaba un embarazo? Aún le costaba creerlo. Lo cierto era que, aunque siempre le aterrorizó quedarse encinta, nunca tuvo demasiado cuidado en prevenirlo. Relativizaba su temor y le quitaba importancia diciéndose a sí misma que nada de eso le iba a ocurrir ya a su edad. Pero al final se había quedado embarazada por ese descuido. Y, aun llena de temor, había decidido acoger aquella nueva vida por el bien de Kayako y por el suyo propio, pero como no estaba del todo segura se lo había confesado a su hermana, y luego, aunque casi involuntariamente, a Osada. Esa había sido su teoría hasta que fue al hospital.

Pero ahora, por más vueltas que le daba, no lograba entenderlo. ¿En qué momento se había equivocado? No se le ocurría ninguna respuesta. Como no tenía forma de explicárselo, supuso que no era algo que dependiera de ella. Sin embargo, los médicos le habían dicho que, a diferencia de otras enfermedades, en este caso todo estaba en la cabeza de la paciente. Si ella no hubiera creído que estaba embarazada, no le habría ocurrido nada de eso. Como la rana de Esopo a la que le revienta la barriga por querer imitar a un buey. «¿Me he inflado lo suficiente? ¿Y ahora? ¿Y ahora?» Y así, el papá rana traga cada vez más aire para parecer más grande. Aunque Kōko estaba segura de que en ningún momento había deseado tener otro hijo, ahora le decían que sí, que lo deseaba tanto que hinchó su propio vientre.

Lo que más la confundía era que esos dos hechos hubieran ocurrido simultáneamente en la misma realidad. En ninguno de los dos casos se trataba de una ilusión o de una proyección. Ella sabía que no quería quedarse embarazada y vivía aferrada a esa certeza, mientras que también ella, la misma persona, deseaba tanto tener un hijo que había llenado su barriga de aire. No sabía en qué momento su yo se había escindido en dos. Tampoco sabía cómo volver a juntar esas dos partes fragmentadas para volver a ser un único ente. De momento solo había vivido su yo de embarazada, solo había conocido esa realidad.

Cuanto más lo pensaba más se dejaba abducir por la luz dura, invisible a los ojos, de las estrellas repartidas por el universo. La luz era tiempo. Dos mil años luz. Cinco millones de años luz. Treinta y cinco millones de años luz. Cuarenta mil millones de años luz. La luz era tiempo. Eso quería decir que la oscuridad era liberada por el tiempo. La luz y la oscuridad. ¿Pero podía la oscuridad realmente escapar de la luz? Era una luz desmembrada. Refractada. Estrellas que existían por trillones. El tiempo tintineaba. Una luz arcaica, anterior al hilo que conecta a las galaxias. Un tiempo que ya no se podía llamar tiempo...

Kōko sintió vértigo y respiró hondo apartando los ojos de su vientre. Observó las sartenes y los boles colocados en el armario de la cocina y pensó que quizá había cosas que alguien como ella no debía tratar de entender. Sintió un dolor como si se le hubiera abierto una grieta en las costillas. Acababa de descubrir una nueva clase de soledad. No había llorado ni una sola vez desde que fue al hospital. Y así se quedó, mirando las sartenes y las cazuelas renegridas y mal lavadas, como si nunca fuera a cansarse de mirarlas.

Esa noche, Osada llegó un poco antes de lo convenido.

Kōko cogió impulso para hablar antes de que él se apoltronara en la silla.

—Eh..., bueno..., siento haberte causado tantas molestias por puro capricho. Pero... lo he estado pensando y... es verdad que va a ser muy difícil, así que mejor evitarlo...

—¿De qué hablas? —Los ojos de Osada se agrandaron. Incapaz de continuar hablando, Kōko lo miró a la cara, boquiabierta—. ¿Qué estás diciendo, que quieres abortar?

Kōko asintió levemente.

—Ayer, en el hospital... Por eso... hagamos como si no hubiera pasado nada.

Kōko bajó la cabeza[23] varias veces ante Osada. Le sorprendió a sí misma su capacidad de atenerse a unas palabras que

23. El gesto de bajar la cabeza equivale a disculparse. También puede ser una muestra de respeto cuando se saluda a alguien.

nunca había imaginado que pronunciaría. No podía decirle que había sido un embarazo psicológico, eso sí que no. Deseó que al menos Osada llegara a imaginarse lo doloroso que era un aborto y que, movido por una mezcla de empatía y miedo a las mujeres, se largara de allí. ¿Qué otra cosa podía decirle a un hombre que todavía vestía cazadora vaquera, tan estancado en su juventud? Aquella era la mentira perfecta para alguien como él. Kōko se sintió un poco culpable, pero no vio ninguna razón para contarle la verdad.

Sin embargo, aquello afectó a Osada mucho más de lo que Kōko había previsto. La agarró de los dos brazos con fuerza y clavó sus ojos en el vientre que supuestamente había albergado al feto.

—No me digas que has abortado —dijo, casi en un susurro.

Luego soltó a Kōko y se hundió en la silla de la cocina. Se quedó un buen rato inmóvil, tapándose los ojos con la mano izquierda. Intimidada por semejante reacción, Kōko se acercó al fregadero y puso agua a hervir sin saber muy bien por qué. Había contado una mentira tras otra y ahora ya no podía dar marcha atrás. Cuanto más se prolongaba el silencio de Osada, más se sentía acorralada por sus propias mentiras, hasta que se le hizo difícil respirar.

El agua hirviendo empezó a derramarse fuera de la tetera de metal crepitando alegremente al contacto con las llamas del fogón. Osada levantó por fin la cabeza y habló. Kōko se giró enseguida para mirarlo y creyó entender por primera vez lo que aquello había supuesto para él. Tenía mala cara, del color de la herrumbre, aunque era difícil percibirlo a primera vista en su piel morena. Sus ojos parecían más grandes, pero solo porque su cara había perdido firmeza. Recordó cómo ella misma había ridiculizado hasta hacía poco a las personas que no habían querido darse cuenta de su embarazo.

—Pero no debe ser tan fácil abortar cuando el bebé ya está tan grande. ¿No tienen que ingresarte? Eso lo sé hasta yo. Así que… no es verdad que fuera ayer. ¿A que no? —Kōko asintió, aunque dubitativa—. Siéntate, haz el favor, es difícil hablar si no te sientas.

Kōko se sentó. Osada suspiró como si aquello le resultara insoportable y miró hacia el balcón. La puerta corrediza de cristal estaba abierta.

—Sigo sin entender, la verdad. ¿Hace una semana…? Aquel día, cuando nos vimos, fuiste al hospital. ¿Era para abortar? Pero entonces…

Justo cuando Osada volvió su mirada feroz hacia Kōko, sonó el timbre. «Me he librado», pensó ella, corriendo hacia la puerta. Le temblaba el cuerpo y le castañeteaban los dientes.

Ahí estaba Kayako, de pie en la entrada, con una sonrisa tímida.

—¿Qué te ha pasado, mamá? ¿Por qué tienes esa cara? —dijo sorprendida al ver a su madre, y se adentró en el piso sin que la confusión de Kōko se lo impidiera.

Sin saber qué hacer, Kōko siguió a su hija. Oyó a Osada y a Kayako saludarse sin ningún tipo de hostilidad. Continuó avanzando despacio por el salón, mareada. Kayako estaba sentada educadamente frente a Osada y se giró hacia ella al verla llegar.

—Mamá, tienes mala cara, pareces enferma… La tía está muy preocupada y me ha dicho que venga a verte de vez en cuando. Pero no sabía que hoy tenías invitados…

A Kōko no le quedó otra que sonreír.

—¿No te acuerdas de él? —dijo asintiendo.

Kayako miró a Osada con ojos tímidos y negó con la cabeza.

—Cuando eras un bebé nos veíamos mucho —le dijo Osada con dulzura—. También te vi caminar como un patito, y sé muchas cosas de ti. Por ejemplo, sé que con cinco años todavía te hacías pis.

«Es verdad», recordó Kōko. Pese a su estado de confusión, una parte de su cerebro fue capaz de reaccionar a lo que decía Osada. En aquella época tenía la absurda pero profunda convicción de que Kayako había vuelto a mojar la cama como respuesta a la separación de sus padres y a la aparición de Doi. Y alguna vez se lo había comentado a Osada solo para desahogarse, aun sabiendo que un hombre soltero no sabría darle ningún consejo. Seguramente Osada la había escuchado sin demasiado interés y había cambiado de tema rápidamente. Sin embargo, sí parecía tener recuerdos muy nítidos de la niña.

Kōko miró a Kayako y a Osada con discreción, para que no se dieran cuenta, y entrelazó las manos. Su corazón estaba desbocado. ¿Realmente iba a permitir que Osada se marchara creyendo que había abortado?

—Mamá… —dijo Kayako—. Hoy tampoco me puedo quedar mucho tiempo, y además tienes visita, así que me voy ya.

—¿Sí…?

—Kaya, ¿es que tú ya no vives aquí? —preguntó Osada aprovechando el silencio que había dejado Kōko.

—Ahora mismo ella… —empezó a decir Kōko, pero enseguida Kayako tomó la palabra con ímpetu.

—No, es solo que hoy tengo cosas que hacer… No la voy a dejar sola ahora que va a tener un bebé. ¡La pobre no podría hacer nada! Sin mi ayuda, mi madre no podría cuidar del bebé.

—Bueno, tampoco creo que sea así… —dijo Osada, interrogante, y miró a Kōko, que seguía con la boca abierta, incapaz de pronunciar palabra.

—Yo siempre he pensado, desde que era pequeña, que es un rollo ser hija única. Siempre he deseado que hubiera un bebé en la casa. Así que me alegro de que vaya a nacer uno —dijo Kayako, claramente excitada.

—Kayako…, no digas nada más —logró decir, por fin, Kōko. Kayako la miró con arrogancia—. Ese bebé… ya no está… Por eso…

—¿El bebé? —Kayako se rio un instante, luego miró a Osada boquiabierta.

Osada le devolvió una mirada cálida y aclaró:

—Es decir, murió de un aborto natural. Ya sabes lo que es un aborto, ¿verdad, Kaya? —Kayako asintió—. Por eso, como tu madre está un poco debilitada, hay que cuidarla mucho, ¿de acuerdo? Tu madre lo ha dado todo para cuidarte y ahora te toca a ti cuidar de ella.

La punta de la nariz de Kayako se enrojeció y sus ojos se humedecieron. Osada continuó hablando; quería calmarla. Kōko tragó aire varias veces e intentó hablar, pero no pudo. Por fin, cuando Osada hizo una pausa, consiguió decir algo.

—No. No ha sido ni un aborto natural ni una interrupción voluntaria del embarazo.

¿Pero por qué le salía esa voz tan temblorosa y débil?, se espetó a sí misma. Tanto Kayako como Osada la miraron perplejos. «Tengo que ir con cuidado cuando abra la boca, o tragaré una bocanada de aire helado que me congelará todo el cuerpo. Pero todavía me queda algo por decir. Con esto ya se acaba», se dijo a sí misma mientras les devolvía la mirada.

—Yo sola me convencí de que estaba embarazada, pero fueron imaginaciones mías. Eso es lo que me dijeron en el hospital. Es decir, es algo común, el embarazo psicológico. No era más que eso… Qué tontería, ¿verdad? Así que no hay necesidad de discutir nada. Ya está… Kayako, díselo a la tía también… Y ahora es mejor que te vayas. Tú también, Osada, si no te importa…

Una vez que terminó de decir lo que se había visto obligada a decir, Kōko les dio la espalda, caminó hacia su dormitorio, cerró la persiana y se metió en la cama. Estaba extenuada, tenía las extremidades abotargadas y la vista ensombrecida. Ya no pensaba ni en Osada ni en Kayako. «He tocado fondo», pensó. «Si esto es el fondo, ya solo me queda flotar hacia arriba. Hasta entonces tengo que sobrevivir como sea. Tengo que acumular energía para poder salir a flote.» Su imagen le recordó a la de un feto reseco flotando en una solución de cultivo dentro de un frasco de vidrio. Un frasco lleno de líquido.

Alguna vez había hablado con Doi de los bebés probeta y se había preguntado si, además de una solución de cultivo en perfectas condiciones, los fetos no necesitarían también una oscuridad total. Pero entonces no sería posible llevar a cabo el experimento, dijo Doi. Tampoco sabemos si el interior del útero está totalmente oscuro, dijo Kōko. Claro que está totalmente oscuro, dijo Doi riéndose. No, dicen que la luz entra por algún lado. ¡Ah! Lo que quieres es que diga una guarrería, ¿eh? Pero no, está completamente oscuro, ¿cómo no iba a estarlo?

Doi hablaba con alegría. Kōko intentó recordar su perfil como quien añora a una persona muerta, pero se quedó dormida sin poder rememorar más que su cara larga y sus párpados siempre ligeramente hinchados.

Kayako estaba sentada sola en la cocina, viendo la tele. Al ver que Kōko se había despertado se puso de pie a toda prisa y entró en el dormitorio.

—¿Qué haces ahí? ¿Has estado ahí todo el tiempo? —le preguntó Kōko con la sensación de estar todavía sumida en el sueño.

—No, acabo de llegar hace un ratito. No quería hacer ruido porque tienes muy mal despertar. Quédate aquí, que te preparo el desayuno.

—Ah… ¿Qué hora es?

—Son las once pasadas.

—¿De la mañana?

—¡Claro! Anda, quédate aquí.

Kōko volvió a apoyar la cabeza en la almohada tal y como le había dicho Kayako. Se sentía tan a gusto que desconfió de la realidad. Cerró los ojos escuchando el sonido de la tele y los ruidos que hacía Kayako en la cocina. Las voces sutiles que le llegaban del televisor sonaban sumamente agradables, y al momento volvió a quedarse dormida.

En los veinte o treinta minutos que duró su cabezada le dio tiempo a soñar que estaba en bañador tomando el sol boca abajo al borde de una piscina. Eran las instalaciones deportivas de la universidad. No se veía a mucha gente nadando ahí, aparte de los del equipo de natación, y Kōko solía lamentarse de lo desaprovechada que estaba, aunque ella tampoco la llegó a utilizar nunca. En su sueño, Kōko la tenía para ella sola. No había nadie más. El reflejo de la luz en el agua era tan cegador que le costaba mantener los ojos abiertos. «Tendría que haber traído a Kayako, quizá debería llamarla ahora», pensaba. Pero Kōko era incapaz de ponerse en pie de lo a gusto que estaba. Ni siquiera podía levantar la cabeza.

—Mamá, ya está listo, ¿vienes? Me ha salido un poco mal.

Kōko volvió a la cama y se incorporó. En el techo de la cocina vio el mismo resplandor cegador de la piscina.

El desayuno que le había preparado Kayako la impresionó, más que por su sabor, por la belleza de sus colores. Empezó a degustarlo contemplando a su hija. El verde de las verduras. El amarillo de la tortilla francesa. El rojo del jamón. Kayako colocó también un plato lleno de fresas en el centro de la mesa. No había un solo tono apagado, todo era de colores vivos. A Kōko le pareció extraño y maravilloso. Tiempo atrás, había visto una película que cobraba color hacia la mitad. Para ella, que era una niña, aquello había sido más increíble que cualquier truco de magia.

Solo había pasado una noche desde que Kayako y Osada se encontraron cara a cara. Kayako acababa de llegar hacía media hora, según le contó, después de comprar un par de cosas por el camino. El desayuno había sido idea de la tía, le dijo. Kōko no pudo sino sentir decepción.

—¿Pero no tienes que ir al colegio? —preguntó. Empezaba a recordar lo que había ocurrido la noche anterior. Se preguntó qué cara habría puesto su hija cuando se enteró. ¿De qué se habrían quedado hablando Osada y ella después?

—Hoy no tengo clases. Es el aniversario de la fundación del instituto.

—Ah… ¿Te diviertes en el instituto? ¿Te lo pasas bien?

—No sé todavía…

Kōko se quedó callada, avergonzada por no haberle preguntado por su nuevo instituto ni una sola vez hasta ahora.

Se imaginó lo que su hermana le habría dicho a Kayako.

«El embarazo psicológico es un tipo de neurosis, y seguramente tu madre se convenció de que si tenía algo tan tierno como un bebé dejaría de sentirse sola. Pobre. Pero se va a recuperar seguro, así que tenemos que cuidarla entre las dos. En todo caso ahora tiene que mudarse a esta casa. Siento tener que pedírtelo, pero ¿por qué no la intentas convencer?»

¿Pero qué habría creído que le traería el embarazo?, se preguntó Kōko, sin poder dejar de pensar en la persona que había sido hasta hacía unos días. Se había dado cuenta de su estado por primera vez cuando Kayako empezó a pasar las noches en casa de su tía. Por lo tanto, era posible que su hermana tuviera razón. Pero no podía tratarse únicamente de eso. Tenía la incómoda sensación de haber perdido algo importante, algo que iba más allá de la distancia que se había abierto entre Kayako y ella. ¿Qué había esperado del bebé? Había algo que se le escapaba.

—¿Qué preferías, tener un hermano o una hermana?

—Un hermano, lo tengo muy claro —respondió Kayako sin pensárselo.

—¿Por qué?

—Porque, para niñas, ya me tengo a mí. Sería un rollo tener otra.

—Cuando ibas a nacer tú, yo me decía «Que sea niño, que sea niño». Pensaba como tú. Además, no había ningún hombre en la familia… Bueno, lo hubo, pero murió muy pronto. Lo sabías, ¿no? Hubo otro tío entre la tía y yo. Y yo lo quería mucho. No podía hablar bien y siempre iba sucio, pero… era como un bebé eterno. A mí me daba igual que estuviera sucio o que no supiera hacer nada. Era como un bebé. Y cuando yo lloraba porque la abuela me regañaba, él me consolaba y se preocupaba tanto por mí que me parecía que no había nadie en el mundo que tuviera más sentimientos que él. Yo odiaba las clases de piano y siempre me intentaba librar, pero… no sé cuándo fue, un día se me ocurrió decir que odiaba el piano y que ojalá se rompiera en mil pedazos, y entonces él trató de tumbarlo y romperlo con todas sus fuerzas. Yo me puse a gritar, le dije que no podía hacer eso, que no, que era peligroso, y entonces paró. Él era así. Si había algo rico de comer, primero me lo daba a mí; en cambio yo era avariciosa y me comía hasta su parte, y entonces él se ponía a llorar porque se había quedado sin lo suyo. Lloraba y lloraba y yo no le hacía ni caso. No sentía ni temor ni remordimientos, porque pensaba: «De todos modos, no se va a dar cuenta porque no es inteligente»… Así era tu tío.

Kōko calló, dándose cuenta de que estaba hablando demasiado, y miró a Kayako. Ella sonrió vagamente, sin decir nada, y le devolvió la mirada. Kōko retomó la palabra, animada por su reacción, y continuó hablando, pero aunque sus labios se movían su mente estaba atenta a la luz que llegaba del exterior. Debía de ser un día bonito como pocos. El sol que entraba por el balcón se reflejaba en el techo formando ondas. Era como estar en el lecho de un estanque inundado de luz. La cara de Kayako se tiñó de un rosa vivo, esplendoroso como el de los peces tropicales.

—El tío murió hace mucho tiempo… No me importa si me olvido de otras cosas, pero de él me quiero acordar siempre. No sé por qué. Y también quiero que tú lo recuerdes. Porque era tu tío… Me da igual lo que digan los demás. Los momentos más felices de mi vida los pasé junto a él… Por eso quería que tú también pudieras disfrutar de una experiencia similar, aunque fuera solo un poco… Pero no sabemos cómo habría sido realmente si hubieras tenido un hermano. En fin, eso es lo que pensé, como una tonta…

Los labios rojos de Kayako se abrieron ligeramente y dejaron escapar una voz suave.

—… Lo habría mimado mucho.

—Sí, conociéndote, seguro que sí —susurró Kōko con la vista clavada en su hija—. Pero cuando eras pequeña, más que un bebé en la casa, lo que querías era un hermano o una hermana mayor… Y de tanto desearlos te creíste que existían, y durante una época me decías toda convencida que tu hermana mayor había hecho tal cosa, que tu hermano mayor había hecho tal otra… Siempre estabas diciendo que tu hermano mayor te había pedido que hicieras esto o lo otro, hasta que me pareció tan extraño que estuve a punto de consultarlo con un especialista… Pero pasó el tiempo y dejaste de hacerlo. Creo que fue cuando empezaste la escuela primaria. Me maravilló lo mucho que los niños maduran cuando empiezan el colegio. ¿Te acuerdas de algo de esto?

Kōko sonrió ligeramente, animando a su hija a responder pese a que en el fondo sabía muy bien cuál había sido el origen de todo aquello. Fue Doi quien, para ocultar la naturaleza sexual de su relación con Kōko, se presentó ante Kayako como una figura fraternal similar a la de un hermano mayor. Después, cuando se separó de Kōko, también desapareció esa figura fraternal. Kayako se había cuidado de evitar la palabra «papá» conforme Doi se volvía más presente en su vida. Si, por ejemplo, se le escapaba y decía «Aquí vine una vez con papá», enseguida rectificaba y se justificaba: «Uy, me he equivocado, quería decir con el tío». «¿Dónde está la casa del tío? ¿El tío es buena persona?» Kayako intentaba hacer como si nada, pero sus palabras la delataban. «Mamá, no quiero que te vayas y me dejes sola.» «¿El tío es parte de nuestra familia?» «¿A dónde va cuando se va?» «Me gustaría que también papá viniera a vernos…»

—¡Qué raro! ¿Entonces no existieron en realidad? —contestó Kayako con sospecha, los labios en forma de pico.

—¡Claro que no! ¿Seguías pensando que de verdad habían existido? —preguntó Kōko sorprendida.

—Sí —asintió Kayako con la misma sorpresa—, porque me acuerdo de muchas cosas y son unos recuerdos muy nítidos. Por eso pensé que quizá eran niños que conocía del barrio… ¿Entonces no fue así?

—No. Solo existían en tu cabeza.

Kōko se puso de pie y salió al balcón bañado en sol. Una luz blanca refulgía alrededor. Hubo una época en la que, por sugerencia de Kayako, había tenido plantas decorativas, pero por mucho que intentó mantenerlas vivas se le acabaron secando todas, una por una. Las macetas azules seguían en un rincón del balcón. Kōko sintió el calor del sol a través de su ropa. Fuera, la ciudad estaba recubierta de esa misma luz. El cielo azul parecía absorber los ruidos de la calle. Una vez, en el colegio, le habían preguntado en clase de ciencia por qué el cielo se veía azul. La luz del sol se puede dividir en siete colores, más otros rayos que el ojo humano no es capaz de ver. Si solo vemos el color azul en el cielo es… porque el cielo absorbe el resto. La atmósfera refleja únicamente la luz azul y por eso vemos el cielo de ese color…

Kōko oteó las vistas de la calle envuelta en esa calidez, y de pronto se maravilló ante lo imparcial que era la luz. Penetraba cualquier hueco entre tejado y tejado, no había espacio que se le escapara. Lo tocaba todo aunque los viandantes no se dieran cuenta. Tocaba cada una de las hojas de los árboles de la acera sin saltarse ni una. Bastaba con fijarse en las zonas en sombra para saber que, si no llegaba la luz, era siempre por un motivo, por algo que obstaculizaba su paso. Nada estaba sombrío sin razón. Lo único que hacía la luz era acatar las leyes físicas de la energía que la generaba, sin ningún sentimiento. No había justicia más perfecta que esa. Kōko tomó aire. No dejaba de ser extraño, pese a todo, que existiera la luz, y que gracias a ella se hubiera generado la vida, y que esa vida hubiera evolucionado hasta llegar al ser humano, y que al final de ese proceso estuvieran las emociones, o la psique, como se le quisiera llamar. Fuera cual fuera su nombre, ahí sí que no debía de llegar la luz, pero al mismo tiempo a Kōko le resultaba extraño pensar que, en realidad, esta era inalterable y no dejaba de proyectar sus haces sobre las personas, alcanzara o no su destino.

Ahora que miraba la calle desde el séptimo piso le pareció que el barrio apenas había cambiado en treinta años. Había bastantes zonas verdes, en el recinto de los templos, en el parque, en el complejo universitario. Conocía ese barrio desde pequeña. ¿Habría cambiado la cantidad de luz que recibía? Las torres de viviendas recién construidas sobresalían entre el resto de los edificios como plantas alpinas de tallo largo que crecen en las praderas de alta montaña. Estaban anegadas de luz, casi en exceso, y resplandecían con un brillo cegador. Entonces, vagamente, se recordó a sí misma que, aunque ella no hubiera percibido grandes cambios en el barrio, en realidad estaba en medio de una escala temporal en la que la energía de la luz podía hacer que ese mismo paisaje urbano se tornara, de un momento a otro, en un fondo marino, o en un desierto, o en un glaciar. «¡En todo caso, qué día más bueno!», pensó. No había ni una sola nube en el cielo.

Kōko se dio la vuelta para mirar a Kayako, que seguía sentada en la cocina.

—¿Por qué no salimos a dar un paseo? Con el día tan bonito que hace, sería una pena desperdiciarlo en casa —le dijo.

Después de deambular durante una hora por el parque, Kōko sugirió que Kayako la acompañara a uno de los edificios de la universidad. Estaba vacío pese a que no era un día festivo. Una hilera de *ginkgos* lucía un verde refrescante. Las dos rodearon el auditorio en penumbra, pasaron por la parte trasera del hospital universitario y salieron de nuevo a la calle.

De estudiante Kōko nunca había ido a visitar esa universidad, pero había visto fotos de las protestas estudiantiles que a menudo sacudían el campus y había sentido dolor al ver a los antidisturbios, desproporcionadamente armados y acorazados, enfrentarse a unos estudiantes que todavía tenían piel de bebé. Esas imágenes la conmocionaron profundamente porque de algún modo se correspondían con la idea que ella tenía de sí misma. No podía juzgar objetivamente a los estudiantes que lanzaban piedras a sabiendas de que solo se harían daño a sí mismos. Solo podía solidarizarse con ellos. Porque, en su cabeza, ella también estaba lanzando piedras contra el mundo.

El bebé del que se había encargado sola sin involucrar a un amigo llamado Doi era una piedra. Haberse separado de su madre y de su hermana era otra. Haberse ido a vivir con Hatanaka. Casarse. Divorciarse.

A los dos o tres meses de la separación, Hatanaka se había obsesionado con la idea «moderna» de llevarse bien con ella pese a que los dos estuvieran, sobre el papel, divorciados. «Pase lo que pase, que sepas que nadie os quiere tanto como yo», le había repetido por teléfono en varias ocasiones, incluso por carta. Pero Kōko lo había ignorado una y otra vez. Fuera como fuera la relación entre ellos, no podía volver a aceptar a Hatanaka en su vida solo para poner a prueba su generosidad o su valentía. Rechazarlo en aquel momento también había sido una piedra. Una vez, cuando él fue a visitarla a su piso sin previo aviso y consiguió arrastrarlas a las dos a la calle, le pidió a Kōko que le dejara al menos cenar con ellas cada noche, que se mudaría cerca solo para eso, que todos serían más felices así, y dicho esto abrazó a Kayako con lágrimas en los ojos. Pero Kōko le dio la espalda y se fue a su piso sin decir nada. En ningún momento le dio pena. Solo temía la violencia que pudiera derivar de ese rechazo. A veces, incluso, por puro miedo, se planteó ceder ante las peticiones de Hatanaka, pero entonces él no tardaría en querer pasar las noches en su casa. Lo que nunca se había imaginado Kōko es que, una vez perdida la custodia, Hatanaka acabaría anulando del todo sus sentimientos.

«¿Cómo se atreve, siendo el padre de Kayako?», pensaba, pero por otro lado no cejaba en su empeño por expulsarlo de su vida. Incluso había llegado a cambiarse de domicilio sin notificárselo.

Hasta que, finalmente, Kōko se convirtió para él en una «enemiga» de una crueldad implacable y, con el tiempo, tal y como había previsto ella, él dejó de contactarla, quizá porque había encontrado otra cosa con la que obsesionarse. Por entonces Kōko ya se veía con Doi. Kayako ya no tenía tres años, sino cinco. Y tanto ella como Hatanaka tenían ya treinta.

Al salir a la calle Kōko sintió una fatiga repentina e invitó a Kayako a entrar en una cafetería con grandes cristaleras en la entrada.

Kayako le contó, por primera vez, que su tía llevaba un mes insistiéndole para que pidiera un cambio de instituto y se volviera a presentar al examen de ingreso del colegio privado. No estaba segura de querer hacerlo, aunque tampoco sabía si podría negarse. Kōko la escuchó sin interés. Ella ya le había dado su opinión, no tenía nada más que decir al respecto. Al fin y al cabo, solo era su madre. Eso nada podía cambiarlo, pero no le daba ningún derecho a atarla a ella como si le perteneciera.

La guardería. La casa de la abuela. El parque que había en el barrio. Las fiestas de verano y de *setsubun* que celebraron en un *jinja*. El disco que escuchaban todo el rato con la banda sonora de un programa de televisión. El muñeco de peluche al que nunca soltaba. La vez en que Kōko se acatarró y pasó días en la cama. La vez en que Kayako contrajo varicela y paperas…

En aquella época dormían las dos juntas en la cama que Hatanaka había dejado en el apartamento. Debió de ser justo a estas alturas del año. Había una ventana junto a la cama, y Kōko la abría por la mañana nada más despertarse y Kayako se levantaba de un salto, atravesada por el aire gélido. Se daban los buenos días y las dos salían corriendo hacia el salón-cocina temblando de frío y se vestían a toda prisa frente a la estufa de gas. Luego le daban unos mordiscos rápidos a sus tostadas y abandonaban el piso a toda prisa. Kōko dejaba a Kayako en la guardería y se iba a una escuela de ballet en la que trabajaba tocando partituras para acompañar los pasos. Por las tardes enseñaba piano en una escuela infantil privada. Eran trabajos que le había recomendado Michiko porque estaban bien pagados.

Pese a que debía de haber estado más del doble de ocupada que cuando vivía con Hatanaka, ahora que rememoraba aquellos tiempos ocho años después, solo podía recordar la sensación de paz que había sentido por la mañana al despertar. Cada día llegaba envuelto en el calor de la manta que compartían Kayako y ella, bajo la cual sus cuerpos se habían acercado el uno al otro durante la noche para protegerse del frío. Ya no había que tener cuidado de no despertar a nadie. Podían saltar sobre la cama a sus anchas, cantar «buenos días, buenos días, ya ha amanecido» a voz en grito y hacer gimnasia con la ventana abierta echando vaho por la boca.

Hatanaka solía irse a la cama casi al amanecer. Decía que solo se podía concentrar de noche, especialmente después de las doce. Primero se quedaba viendo la televisión hasta tarde, se hacía un ramen de cena y se lo comía; luego se leía el periódico por segunda vez en aquel día, y finalmente se ponía a estudiar. Era su cuarto intento de presentarse al examen de abogacía. «Esta vez sí que voy a aprobar», le oía decir Kōko, pero nunca se lo tomaba en serio. Probablemente él tampoco. Sí, se sentaba a estudiar, pero a veces lo único que hacía era escribirle una carta larga a un amigo o leer una novela.

—¿Pero por qué no eliges otra profesión? Ya tenemos a mi cuñado de abogado, todo lo que sean papeleos se lo podemos encargar a él —le había dicho Kōko, hastiada, cuando Hatanaka suspendió el examen por tercera vez.

—Te permites el lujo de decir eso porque tienes a un abogado en tu familia —había respondido Hatanaka con resquemor, mirándola desde arriba con la arrogancia que le concedía su estatura—. Vayas donde vayas los abogados son muy respetados, reciben un trato especial, ¿sabes?

Durante su último año con Hatanaka, Kōko se levantaba cada mañana a hurtadillas, cogía a Kayako en brazos, se la llevaba a la cocina y la ayudaba a quitarse el pijama mientras le susurraba «Shh, silencio, silencio» una y otra vez. Si la niña lloraba y despertaba a su padre, Kōko experimentaba un miedo similar a quien debe enfrentarse a un fantasma. Sin embargo, el miedo era injustificado, porque él simplemente iba al baño con la cara pálida y cansada y se volvía a meter en la cama. De vez en cuando decía algo. «¿Ya os vais? Gracias por ocuparte de todo siempre.» Entonces Kayako le decía: «Buenas noches, papá».

Por entonces a Kōko ya le costaba mirar a Hatanaka a los ojos. Un día él había dicho que necesitaba un descanso y se había llevado a la niña por la fuerza al pueblo de sus padres, y fue en ese momento cuando Kōko notó que la corriente que los había llevado juntos hasta ahí se empezaba a bifurcar en dos. Pero no fue eso lo que la preocupó, sino la posibilidad de perder a Kayako. Por egoísta que fuera, era lo único que le importaba. No quería que le quitaran a su hija. No quería que se la arrebataran. Eso fue lo único que ocupó su cabeza en los meses siguientes. Incluso empezó a ser amable con Hatanaka solo por miedo. Sin embargo, cuando se separaron, él no cuestionó ni por un momento que Kayako debiera quedarse con su madre. Era lo natural. ¿Para qué tanta preocupación, entonces? No, en realidad había hecho bien en ser cauta.

Una mañana, al poco de empezar a vivir sola con Kayako, un frío punzante la despertó. Había en la habitación una luminosidad extraña. Abrió la ventana a toda prisa: caía una nieve ligera que iba dejando una capa fina en el suelo. Oyó a lo lejos el sonido alegre de las cadenas de los coches que circulaban por la carretera. Sobre el tendido eléctrico también había una línea blanca, y del tejado de la casa de al lado caían trocitos de nieve.

—¡Kayako! ¡Está nevando! ¡Hay nie-ve!

Kayako se asomó por la ventana frotándose los ojos.

—¡Anda, mamá! ¡Hay nieve! ¡Nie-ve!

Las dos se quedaron un rato contemplando la calle nevada, luego corrieron a cambiarse, se bebieron la leche de un trago y salieron del piso a toda prisa. Unos copos grandes y aguados caían del cielo como montones de polvo. De camino a la guardería las dos se divirtieron pisando la capa de nieve en el suelo, que apenas llegaba a los dos centímetros. Las huellas se convertían enseguida en agua. Era una nieve pálida que no podía ofrecer más diversión que la de pisotearla.

Pasado el mediodía, la nieve se había tornado lluvia y el blanco había desaparecido de la ciudad. Esa misma tarde Kayako tuvo fiebre; la guardería se lo comunicó a Kōko por teléfono cuando estaba trabajando en la escuela infantil. Kōko recordó la excitación de la mañana y por un instante sintió vértigo: se había dejado llevar por la emoción y había permitido que Kayako se quedara jugando en la aguanieve. Su descuido la aterrorizó. Se preguntó si realmente sería capaz de criar a su hija sola, pero ya era demasiado tarde para cuestionárselo.

Kōko no logró relajarse hasta que Kayako recuperó por completo la salud, y para cuando por fin se detuvo a mirar a su alrededor estaban ya en plena primavera. Las *jinchoogue*[24] estaban en flor. Kōko se compró un ramo de *sakurasou*[25] y margaritas y lo colocó en un jarrón. Tener las flores en su piso le dio tanta satisfacción que tuvo que tomar aire varias veces para sentir llenos sus pulmones. Al verla tan contenta Kayako respondió con la misma alegría, aunque en el fondo las dos sabían que faltaba algo. Solo había dos personas, una adulta y una niña, contemplando las flores, y eso les resultaba insoportablemente triste.

Cuando Doi empezó a quedarse a dormir con ella, al menos durante los primeros meses, Kōko se metía primero en la cama con Kayako y no se pasaba a la de él hasta pasada la medianoche. Con el tiempo acostumbró a su hija a dormir sola en su cama, incluso cuando no estaba Doi.

¿Por qué, después de tanto, quería continuar viviendo? Esa pregunta había ido creciendo en el fondo de su vientre como un bebé. No tenía ningún motivo para seguir adelante. Era una idea que ya la poseía a menudo cuando era pequeña: ¿por qué debía existir alguien como ella, que claramente no tenía ninguna virtud? Todo lo que la gente se

24. *Daphne odora,* planta de flores aromáticas autóctona de Japón y China.

25. *Primula sieboldii,* planta con pequeñas flores rosas autóctona del Este de Asia.

molestaba en darle, la comida, la ropa, el colegio…, todo le parecía malgastado. Cuanto más lo pensaba, más se cercioraba de que, efectivamente, no había ninguna razón por la que ella debiera seguir adelante con su vida. Sin embargo, no tenía ninguna intención de morirse, y esa hipocresía le resultaba humillante. No podía pensar seriamente en dejar de vivir, le daba demasiado miedo. Como mucho se había subido alguna vez a la azotea del colegio para asomarse al patio desde las alturas, o había cogido en el laboratorio del colegio un frasco con alguna sustancia tóxica y lo había contemplado durante un rato.

Le sorprendía que, veinte años después, siguiera sin encontrar un solo motivo para vivir y que, pese a ello, continuara queriendo vivir a toda costa.

8

Kōko fue a trabajar a la tienda de música por primera vez en dos semanas. La Golden Week[26] estaba a la vuelta de la esquina. Nada más entrar por la puerta de la oficina la reprendieron por no haber dado señales de vida durante todo ese tiempo, aunque al parecer sí habían hablado el primer día que faltó al trabajo, cuando la llamaron para preguntar qué ocurría. En ese momento Kōko les había dicho que tenía una fiebre muy alta que no parecía de un catarro ordinario, y que probablemente tendría que guardar cama durante un tiempo. Ella, sin embargo, no recordaba nada de aquello. En todo caso, a su regreso la vieron tan pálida y delgada que nadie dudó de su enfermedad.

«Al final parece que solo fue un catarro, porque ya estoy bien.» Kōko repitió la misma frase durante todo el día para tranquilizar a unos y a otros, tanto en la oficina como en las clases.

26. Un puente largo, de cinco días, en la primera semana de mayo.

Por la tarde, después de devolver las llaves en gerencia salió de la tienda, cruzó la calle y se metió en el centro comercial de enfrente. Subió por las escaleras mecánicas hasta la tercera planta y, según se dirigía a la tienda que había a la derecha se topó de bruces con una cuna blanca de mimbre. Luego con una cama roja de bebé. Un corralito rojo de acero y malla, un andador, un carrito. También vio, en el escaparate del fondo, unos bebés maniquíes colocados en distintas posturas. Era casi la hora del cierre y la tienda estaba desierta. En una esquina, una mujer joven con una barriga redonda que parecía estar en su último mes de embarazo levantaba y dejaba de nuevo en su sitio unas telas blancas mientras hablaba en voz alta con una dependienta mayor que ella. Kōko se acercó a la sección de maternidad que había al lado y, fingiendo rebuscar entre la ropa, escuchó a hurtadillas lo que se decían la mujer embarazada y la dependienta. Parecía que la clienta tenía dudas sobre qué pañal sería mejor comprarle al bebé que iba a nacer, si los de estilo occidental o los de estilo japonés. La dependienta le recomendaba, sin dudarlo, los de estilo japonés.

Cuando nació Kayako fue su madre quien le cosió los pañales a máquina a partir de un *yukata*[27] suyo viejo. «Deberías estar cosiéndolos tú y pidiendo por su buena salud en cada puntada», le había recriminado su madre, hastiada de lo perezosa que era Kōko. También la había regañado cuando, nada más nacer la niña, Kōko había empezado a darle leche de fórmula. «Deja de decir que no te sale la leche, eso es imposible. ¿Cómo le das a la pobre leche de vaca, sin haber probado siquiera a masajearte las mamas? Cuando yo te tuve a ti me sacaba la teta en cualquier lugar para darte de mamar.

27. Prenda tradicional similar al kimono, de algodón ligero, que se viste en verano.

Estábamos en plena guerra, imagínate. Nos evacuaron y nos llevaron a un refugio y yo no dejaba de masajearme como una obsesa y te daba la teta pasara lo que pasara.»

Pero a Kōko le traía sin cuidado. «Los tiempos han cambiado», decía, y pasaba a otra cosa. Nunca mostró ningún interés por saber cómo era el mundo cuando ella nació. Nunca le preguntó nada al respecto ni a su madre ni a su hermana, y un buen día su madre murió y ella ya no pudo obtener un conocimiento preciso sobre aquella época. Había sido una muerte inesperada. Incluso para su propia madre, que parecía dispuesta a vivir por lo menos veinte años más. Con ella se fue la posibilidad de preguntarle dónde estaba exactamente la residencia de su hermano, por qué lo habían dejado allí en lugar de llevarlo con el resto de la familia a Tokio, por qué su padre, profesor de música, no había huido con ella durante la guerra sino que se había quedado en la capital, qué le había ocurrido a él durante ese tiempo y, sobre todo, cómo era. En su primera adolescencia Kōko se lo había preguntado varias veces a su hermana, pero ella le había dicho que no se acordaba bien. Si guardaba algún recuerdo de aquella época —y Kōko estaba segura de que así era—, no había querido compartirlo con ella.

¿Para qué recordar el pasado? Esa era la pregunta con la que crecieron tanto Kōko como su hermana: recordar era inútil, salvo a su hermano. Y se hicieron mayores y tuvieron sus propios hijos, que ahora crecían bajo su amparo.

Sonó la canción «Hotaru-no-hikari»[28] en el hilo musical, anunciando el cierre del centro comercial. La mujer que

28. Literalmente significa «luz de la luciérnaga». Se trata de la canción escocesa «Auld Lang Syne», que sin embargo se popularizó tanto en el Japón de la posguerra que ya forma parte del folclore nacional y se ha generalizado como canción de despedida.

estaba en la sección de recién nacidos pagó los pañales de estilo japonés y bajó por las escaleras mecánicas. Los dependientes cubrieron delicadamente con telas algunos artículos y los maniquíes del escaparate. Una de ellas se dio cuenta de que aún quedaba una clienta en la sección de maternidad y se le acercó corriendo. Era una mujer joven y torpe con una gruesa capa de pintalabios rosa.

—Eh… Disculpe…

La clienta se giró hacia ella. Al verle la cara la dependienta enmudeció y se ruborizó. La clienta era una mujer de mediana edad con los ojos rojos y las aletas de la nariz mojadas. Antes de que la dependienta pudiera decir nada más, la clienta se enderezó y caminó como si nada hacia las escaleras mecánicas, sin siquiera secarse las lágrimas. Las escaleras de subida ya hacía un rato que habían cambiado de dirección; ahora todas bajaban. Por fin llegó a la primera planta. Mientras caminaba entre las tiendas cubiertas por telas de un marrón pálido, Kōko se preguntó qué ocurriría si se quedara encerrada sola hasta la mañana siguiente en aquel edificio gigante, y el miedo fue apoderándose de ella a toda velocidad. Pese a ello continuó avanzando a paso lento, recreándose en el asomo de orgullo que le producía no salir corriendo hacia la salida.

Desde que supo que su madre había vuelto a trabajar, Kayako había empezado a verse con ella cada dos o tres días frente a la tienda de música. En la Golden Week fue a visitarla a su casa a diario cargada de comida. Salieron a pasear, fueron al cine para pasar el rato y a las rebajas de los centros comerciales, y al finalizar las vacaciones Kayako tomó la costumbre de ir a la tienda de música por las tardes y esperar a que su madre saliera de trabajar. La niña recibía a Kōko con una sonrisa tímida y caminaba junto a ella sin decir nada. No llevaba ni el maletín escolar ni el uniforme, por lo que Kōko supuso que después del instituto pasaba primero por casa de su hermana. Llena de dudas, pero en un estado cercano a la felicidad, Kōko llevó a su hija a cenar a todo tipo de restaurantes y compartió con ella un sinfín de recuerdos inofensivos. Después, con las barrigas llenas, caminaban hasta la estación y se despedían; Kayako cogía el metro y Kōko, el tren.

Al poco tiempo de que se iniciara esta nueva rutina Kōko recibió una llamada de Osada. Necesitaba verla para hablar de un asunto importante, dijo. Kōko accedió sin ganas. Por supuesto, si por ella hubiera sido, no lo habría vuelto a ver en su vida, pero con él ni siquiera se había disculpado todavía. ¡Quién sabía con qué exigencias le vendría Osada ahora que ya no iba a ser padre! Quizá su herida era tan profunda precisamente porque el hijo que había creído tener nunca existió. ¡Cómo se reiría Doi si los viera! «No sabía que la existencia de una persona podía ser tan abstracta… Pero espera, no te rindas tan pronto. Concebir a un niño con tu imaginación no es cualquier tontería. ¡Había subestimado tus poderes!»

«Como si a ti no te incumbiera…», le respondió Kōko en su imaginación. Entonces la recorrió un escalofrío: claro que no le incumbía. El asunto quedaba estrictamente entre Kōko y Osada. Por imaginario que hubiera sido el bebé, ella siempre había sabido que Doi no era el padre. Sí había deseado que lo fuera y fantaseado con ello, pero nunca había puesto en duda la paternidad de Osada. En ese momento recordó lo superficial que era su relación con Osada y sintió alivio. Se alegraba de no sentir nada por él: así podía seguir pensando en Doi como hasta ahora.

La noche siguiente Kōko se fue repitiendo todo aquello a sí misma mientras se dirigía al lugar de encuentro.

Era un restaurante bastante amplio de parrilla al estilo *robata*. Al llegar, Kōko inspeccionó el interior hasta que Osada apareció desde el fondo del local y la acompañó a la mesa. Era la que estaba al fondo del todo. En el instante en que él se la indicó con el dedo, Kōko vio que había otro hombre en uno de los asientos. «Se ha traído a un amigo», pensó en un primer momento, pero enseguida se dio cuenta de que se trataba de Hatanaka. Le chocó no haberse dado cuenta antes. ¿Pero qué era lo que estaba tramando Osada? Kōko lo miró buscando una respuesta. Él se acercó a la mesa sin percatarse de la mirada inquisitiva de Kōko y se dirigió a Hatanaka.

—¿Cómo lo hacemos? ¿Le pedimos a ella que se siente aquí y tú y yo juntos en este lado? —Hatanaka levantó la mirada y observó a Kōko. Ella intentó escabullirse detrás de Osada—. Ven, siéntate aquí.

Hatanaka hizo lo que su amigo le pedía y se cambió de sitio para sentarse en una esquina de la mesa.

—Se la ve bien, ¿eh? —dijo Hatanaka.

—Sí, sí, tiene buen aspecto —dijo Osada mientras tomaba asiento en la silla en la que había estado sentado Hatanaka.

Sin un cuerpo tras el que esconderse, Kōko hundió la cabeza en una larga y profunda reverencia y se sentó en la silla que quedaba vacía con la cabeza todavía gacha, sin atreverse a mirar a los dos hombres que la acompañaban. Quería saludarlos como era debido y transmitirles serenidad, su interior se lo pedía a gritos, pero sentía que no solo Hatanaka sino también Osada la observaban como a una gata en celo a la que se le ha caído el pelaje de tanto restregarse por todas partes, y fue incapaz de mirarlos a la cara. «Pero ¿qué me está pasando? ¿Por qué estoy reaccionando así?», se preguntó con impotencia, encogiendo su cuerpo angustiado. Había tenido dudas y preocupaciones, pero nunca, ni cuando se acostó con

Osada ni cuando se convenció de que estaba embarazada de él, había pensado que acabaría sintiéndose juzgada por Hatanaka, el hombre gracias al cual se habían conocido. Nunca se había preguntado qué pensaría él de que ella y Osada estuvieran manteniendo relaciones sexuales. Habían pasado ocho años desde el divorcio y, para Kōko, Hatanaka ya ni siquiera conservaba el valor de un exmarido; había pasado a ser un personaje ficticio en su memoria.

De igual modo, hacía tiempo que Kōko había dejado de ser para Osada la mujer de su amigo. No podía explicarse, pues, esa repentina vergüenza que la estaba paralizando ahora que los dos la observaban detenidamente. ¿De verdad lo que había hecho era tan grave como para merecer que la miraran de esa manera, con una compasión que rozaba el desprecio? Ninguno de los dos lo había verbalizado, pero Kōko podía percibirlo. Necesitaba deshacerse cuanto antes de esa sensación de humillación; sin duda no era más que inseguridad infantil y todo el mundo se relajaría en cuanto ella se pusiera a sonreír tranquilamente. Pero los latidos de su corazón no hacían más que acelerarse. Empezó a oír voces. Está claro que cuando una mujer se queda sola se acuesta con cualquiera, ¿no? Sí, eso parece. Con cualquiera. A mí me gustan las mujeres, pero ¿que les guste tanto el sexo? No, gracias. Luego va presumiendo de que es madre soltera y cría a su hija sola, pero mírala. Si es que las mujeres no tienen remedio. Totalmente de acuerdo. Una vez que se tuercen, ya no hay nada que hacer…

En ese momento recordó algo que Hatanaka le había dicho tiempo atrás. «No te lo había contado, pero por ti y por Kayako he hecho abortar a otras mujeres.» Fue cuando él estaba pensando en separarse. Era su forma de dejarle claro su amor hacia ella, lo duro que era también para él separarse de

Kōko y de Kayako, a las que quería tanto y a las que sin embargo había tenido que abandonar para poder empezar una nueva vida sin ellas, para que esa vida no acabara con él. Eso era, por lo visto, lo que le había querido transmitir.

«Por ti he abandonado a otras mujeres. Habéis sido siempre mi prioridad. Pero ya no parece que me necesites, y es hora de que empieces a vivir como tú quieres. No tienes por qué seguir viviendo a rastras detrás de mí, miserablemente. Tu familia es rica... Yo estoy sin blanca desde que me separé de vosotras, pero ya verás como me las arreglo. Nunca os olvidaré. Me veo incapaz de amar a otra mujer que no seas tú...»

Había llegado, incluso, a derramar alguna que otra lágrima.

A Kōko le había parecido escalofriante ver a Hatanaka tan convencido de que haber abandonado a otras mujeres y haberlas hecho abortar fuera una prueba de amor hacia ella. Se había preguntado si realmente quería pasar el resto de su vida con semejante hombre. Pensó en esas otras mujeres jóvenes y desconocidas para ella cuyo romance secreto con Hatanaka había quedado al descubierto a través de las cartas y llamadas que él recibía. Se sintió culpable por sentir tanto apego al hecho de ser la esposa de alguien.

No se divorciaron formalmente hasta más de un año después, pero quizá por entonces ya había dejado de amar a Hatanaka. Precisamente porque era un hombre con tan buena imagen de cara al exterior, Kōko no podía soportar el tremendo narcisismo que veía en él y la idea de que ser su mujer no hacía más que agrandar su ego. No podía perdonarle que, lejos de avergonzarse, se enorgulleciera de haber obligado a otras mujeres a abortar después de haberlas dejado embarazadas.

«Yo no aguanto más esta vida, aunque ya sé que a ti te importa un bledo. Cada día que pasa es una tortura. No me mires así, con esa cara de amargada, sin decir nada. A mí me gusta la gente risueña, yo quiero vivir con alegría. Y me gusta que las mujeres sean dulces. Si tienes algo que decirme, me lo dices a la cara. No te imaginas la cantidad de chicas que hay ahí fuera esperándome. Tú no me has querido apoyar nunca cuando lo he pasado mal, ni una sola vez...»

Gracias a él Kōko había aprendido a cuestionar los sentimientos ajenos. No había nada más difícil de gestionar que los sentimientos. Eran un néctar. Si uno se dejaba llevar por ellos era fácil acabar recubierto de una sustancia dulce y pegajosa que te tapa los ojos y los oídos con suavidad, que te deja cautivo, te embriaga con su dulzura. Y daba igual que uno tuviera las fantasías más delirantes, porque dentro de ese néctar siempre aparecería hermoso y reluciente. Al principio Kōko se tomaba en serio las palabras de Hatanaka, pero con el tiempo había empezado a darse cuenta de la facilidad con la que se contradecía, diciendo cosas radicalmente opuestas de un día para el otro. A fuerza de perderse en la confusión una y otra vez, Kōko había aprendido a desechar todo cuanto venía de él como si fueran las mentiras de un niño, pero no sin dolor. Las palabras cargadas de sentimientos siempre impactan con fuerza y contundencia.

Luego se había enamorado de Doi, al que conocía desde hacía tiempo, y habían empezado a verse en el piso de ella cada dos o tres días. Lo que más le gustaba de él era que, precisamente, apenas mostraba sus sentimientos. Cierto era que hasta que nació el primer hijo de Doi a Kōko le irritaba ese carácter tan reservado porque le impedía saber lo que él sentía, pero cuando se reencontró con él después de divorciarse de Hatanaka fue esa forma de ser lo que la atrajo. Seguía teniendo esa expresión tan difícil de interpretar, entre la sonrisa y la somnolencia. Podía ser el más elocuente del mundo a la hora de bromear, pero se quedaba callado en cuanto salía un tema mínimamente *serio*. Así como nunca le dirigía palabras de amor rimbombantes, la escuchaba en silencio siempre que ella le espetaba algún reproche o lo ridiculizaba, enfadada. «Si fuera Hatanaka entraría en cólera y no querría volver a verme», pensaba con admiración al tiempo que se acrecentaba su dependencia de él.

Sin embargo, llegó un momento en el que esa impasibilidad que tanto la tranquilizaba empezó a sacarla de quicio. Cuanto más pasional se mostraba ella, expresando su ira de forma unilateral, más humillada se sentía frente a él. Hubo un día en el que incluso se había puesto a gritarle en un arranque de histeria, y luego se había echado a llorar de pura rabia. Pero Doi se mantuvo impasible. Aquello no provocó en él ninguna reacción: ni lo presionó para que se fuera a vivir con ella ni le hizo odiarla y querer alejarse de ella. Daba igual lo que hiciera o dijera Kōko, Doi permanecía inalterable. Pasara lo que pasara, él siempre volvía, metódicamente, junto a ella.

Era un hombre que daba más importancia a sus obligaciones que a sus sentimientos y al que no le gustaba el fracaso, y eso era lo que la tenía tan fascinada. Pero al mismo tiempo era puro sentimiento lo que lo mantenía unido a Kōko, que no era ni su esposa ni su hermana pequeña, y la única forma de expresar lo que sentían el uno por el otro era a través del sexo. Quizá Kōko tendría que haber dejado las cosas así y disfrutar de lo que tenía, pero estaba tan cansada de la frialdad de Doi que había empezado a exigirle que incurriera en comportamientos estúpidos e irresponsables. Sin embargo, lo único que había conseguido era sentirse cada vez más humillada por su propia pasión. Era imposible que hubiera podido tener un hijo en esa situación.

Pero qué cosa más ridícula. ¿Por qué estaba todo tan desencajado?

Seguía sin entender qué hacía Hatanaka ahí. Era la primera vez en tres años que lo veía. Llevaba un traje marrón que parecía de buena calidad y tenía el torso más grueso. Pese a que había vuelto a engordar, Kōko comprobó, no sin rabia, que Hatanaka continuaba siendo tan atractivo como antes. Siempre había sido coqueto, pero ahora parecía haber perfeccionado esa coquetería. Quizá fuera que su actual mujer tenía buen gusto, porque por mucho que intentó verlo con malos ojos no pudo identificar ni un brillo barato o falso en su resplandor. Seguía siendo un hombre atractivo que haría que cualquiera se girara para mirarlo al pasar a su lado. Hasta Kōko se dejó cegar, por un momento, por su sereno encanto.

Cuando aún estaban casados, ella creía que solo una estudiante o un ama de casa ingenua se podría dejar engañar por el atractivo de Hatanaka, y que a nadie con un mínimo de experiencia se le escaparía la bajeza que en realidad escondían sus ojos. Era un hombre que había sido capaz de mandarse hacer un traje y comprarse un abrigo de cuero cuando apenas podían pagar la factura mensual del gas. Aquella vez Kōko lo había desdeñado por ello, pero en vez de quejarse había terminado buscando una corbata que le hiciera juego. Le consentía como una madre que intenta mejorar cualquier pequeño detalle en el aspecto de su hijo. Ya que es coqueto, pensaba, que al menos vista bien. Sin embargo, por mucho que se cuidara y se gastara dinero en su aspecto físico, lo cierto era que durante el tiempo que estuvo con ella nunca dejó de ser un muchacho pobre.

¿Había tenido los ojos vendados? ¿Se había negado a ver la realidad? Habían pasado ocho años desde que se separaron. Seguramente para él Kōko no era ya más que un recuerdo abominable, una sombra patética que le ayudaba a valorar la vida que tenía ahora. A esas alturas ya debía de saber que ella había querido tener un hijo con Osada y que por eso se había inventado un embarazo. Un embarazo psicológico. ¡Qué cosa más cómica!

Osada pidió comida para Kōko y sirvió cerveza en los tres vasos. Sobre la mesa había un plato de sashimi y unas gambas a la parrilla.

—¡Cuánto tiempo! —dijo Hatanaka dirigiéndose por primera vez directamente a Kōko—. Yo también he venido sin saber nada de esto.

—¿Has sido tú? —susurró Kōko mirando a Osada.

—A Hatanaka le pedí que viniera hace una hora —asintió Osada con una sonrisa.

Kōko quiso preguntar por qué, pero fue incapaz de pronunciar palabra, vencida por la timidez.

—¿Qué tal está Kayako? —preguntó Hatanaka entrelazando las manos como si fuera un funcionario de un juzgado de familia.

—Está bien... —respondió Kōko con tono avergonzado, intimidada por el tono de Hatanaka.

—Me alegro. Ya estará en el instituto, ¿no?

—Sí, y está muy alta.

—Mi hijo mayor ya tiene tres años.

—... Qué bien.

—¿Sigues dando clases de piano?

—... Sí.

Trajeron las gambas y el pescado de río para Kōko.

—Mejor que comas antes de que se enfríe.

Kōko asintió y levantó los palillos de la mesa. Le daba rabia sentirse tan pequeña. ¿Por qué se sentía tan poca cosa, si no había hecho nada de lo que avergonzarse? Lo único que conseguía era dar la impresión de que estaba pidiendo clemencia por un crimen cometido. Tenía que vencer ese miedo a los dos para demostrarles que estaba en buen estado físico y mental. Ellos siguieron con la mirada el movimiento de los palillos de Kōko, del plato a la boca. Kōko dio dos bocados al pescado y bebió cerveza con ansia. Los miró a los dos con el vaso en los labios. Osada le devolvió la mirada y abrió la boca para hablar. Hatanaka sonreía ligeramente.

—… No quería tener esta conversación sin que estuviera Hatanaka delante, y por eso le he invitado. —Kōko asintió sin decir palabra. Estaba concentrada en controlar el temblor en la mano que sujetaba los palillos—. A Hatanaka ya le he contado los detalles, así que todo está bien. —«¿Todo está bien? ¿Pero qué dice?», pensó Kōko—. Pero qué rápido te has recuperado, parece que tu cuerpo ha vuelto a la normalidad. Si no lo ves, no lo crees. Tenía la barriga así de grande, ¿sabes? Cualquiera habría pensado que estaba embarazada. —Osada dibujó un círculo con los brazos y se lo mostró a Hatanaka. Hatanaka asintió y bebió.

—Tú te lo tomas muy a la ligera, pero al parecer el embarazo psicológico es un tema serio… —Osada dirigió su mirada hacia Kōko—. He estado investigando. Le he preguntado a un amigo psiquiatra… Por lo visto pueden darse varios casos. Hay mujeres que, por muchas evidencias que les presenten, siguen convencidas de que están embarazadas, y en esos casos los médicos tienen incluso que provocar un falso aborto. Las causas no son tan simples. No es el mero deseo de tener un hijo lo que lleva al embarazo psicológico. Todos los casos tienen un denominador común: una relación disfuncional de la mujer con los hombres.

Osada hizo una pausa y tomó un trago de cerveza sin dejar de mirar a Kōko.

—¿Y? —dijo ella con una voz apenas perceptible. No entendía lo que Osada estaba intentando decir. La angustia le estaba provocando dolor de estómago. Hatanaka seguía bebiendo cerveza sin decir nada.

—Y… bueno, que no importa lo que piense la gente, pero a nosotros sí nos tienes que tener en cuenta.

—¿Cómo que nosotros?

—Sí, nosotros dos… Este problema no es solo tuyo. Si hubiera sido un embarazo normal, todavía. Pero tratándose de uno psicológico… Es decir, es una cuestión de asumir responsabilidades. Yo siempre pensé que eras distinta a las demás chicas. Para bien: me parecías más fuerte. Y sí, eres fuerte, pero también hay una parte débil en ti que yo no quise ver. Porque me daba pereza tener que involucrarme con esa parte, ¿sabes? Pero… esta vez…, por mucho que digas lo contrario, tu cuerpo te ha traicionado y ha revelado tu verdadero yo… Así que un bebé fantasma. ¿Te acuerdas de que te dije que lo reconocería como mi hijo? Iba en serio, incluso llegué a pensar en casarme contigo. Pero… resulta que no era un embarazo de verdad. Démosle pues un fin digno a esto entre los dos y empecemos de nuevo. Ya no me creo nada de lo que dices, ahora sé que solo intentas hacerte la fuerte… Soy muy mayor ya para esperar mucho de la vida… Y…, bueno, primero quería hablarlo con Hatanaka y por eso le pedí que viniera, porque era absolutamente necesario que él lo entendiera…

—¿Por qué él? Podría entenderlo si se tratara de Kayako, pero lo de esta vez…

Por fin Kōko logró pronunciar sus palabras con claridad. Animada por su tono de voz, enderezó la espalda y corrigió su postura.

—Bueno…, sí se trata también de Kayako, al menos en parte… —respondió Hatanaka con amabilidad—. Es decir… Osada y yo… Nosotros somos amigos desde hace mucho tiempo, y desde que me separé de ti ha sido nuestro intermediario. Incluso se ha reunido contigo varias veces… Por eso ha querido avisarme a mí primero para que entendiera la situación antes de proceder a arreglar las cosas contigo. Al fin y al cabo, a efectos legales Kayako también pasará a ser su hija…

—No sé de qué me hablas. ¿Qué estás diciendo?

Kōko se dio cuenta de que se estaba ruborizando por momentos. Quiso gritar, agitar los brazos y destruir a golpes todo cuanto había a su alrededor. Osada siguió hablando. Kōko le miró los labios, apretando los puños debajo de la mesa y tratando de contener el impulso que la instaba a comportarse de forma temeraria. Si no actuaba con cautela ahora, caería en la trampa por su propio pie.

—Bueno, no se trataba tanto de que «entendiera» como que quería consultarlo con él. Kaya está en una edad difícil y… Pero él ha sido muy positivo. Dice que las relaciones entre padres e hijos son absolutas en términos biológicos, pero no necesariamente a nivel social… Y también dice que la relación entre el padre y la madre, que es la que crea el ambiente en el que crecen los hijos, es meramente contractual y por lo tanto se basa en una voluntad mutua, de modo que los dos tienen el deber y el derecho a buscar una relación idónea. Es decir que si, teniendo la posibilidad de generar un ambiente mejor para los niños, uno renuncia a su derecho a decidir, al final eso termina por mermar el sentido de la dignidad… Algo así me dijo. ¡Todo un sermón! En resumidas cuentas, lo que quiere decir es que no tiene ningún inconveniente en que yo haga de padre para Kayako. Es así, ¿no?

Hatanaka asintió varias veces. Estaba exultante, sacando pecho. Kōko reconoció al hombre al que había dejado de soportar ocho años antes y apretó los dientes con rabia. ¿Cómo podía no sentir nunca ni una pizca de vergüenza? ¿Cómo era capaz de hablar de dignidad alguien como él? Sin embargo, se recordó a sí misma que durante la época en la que solo pensaba en mantener a Doi a su lado ella le gritaba día y noche a una audiencia imaginaria cosas idénticas a las que le había dicho Hatanaka a Osada. Kōko sintió una angustia insoportable.

—Es decir, es una cuestión de cómo entendemos el amor —añadió Hatanaka con su voz impasible—. En Japón se solapan demasiado el amor entre padres e hijos y la relación matrimonial. Al final eso causa mucha infelicidad. Lo importante es que el padre y la madre muestren a sus hijos lo que es amar a alguien. Si los padres se odian, los niños no aprenden lo que es el amor, y eso es muy peligroso…

—Pero Osada, entonces ¿qué hago yo aquí?

Las palabras salieron firmes de la boca de Kōko e interrumpieron el torrente verbal que salía de la boca de Hatanaka.

—No has cambiado nada, ¿eh? —dijo Hatanaka con una risa ligera—. ¿Pero por qué te enfadas? ¿No ves que eres tú la que está causando problemas? Siempre te ha sentado mal que la gente sea amable contigo…

—Vamos, contéstame.

Atravesada por un escalofrío, Kōko sintió que se le erizaba el pelo de la cabeza. Osada no hacía más que sonreírle a Hatanaka, indiferente a la mirada de odio que le estaba lanzando Kōko en esos momentos.

—Anda, si lo sabes de sobra —dijo Hatanaka—. ¿O es que no lo sabes?

—De momento nadie ha dicho nada de forma clara…

—¿De forma clara? ¡Pero qué dices! Las mujeres siempre os comportáis como si fuerais niñas pequeñas. Oye, Osada, ¿estás seguro de lo que quieres? Todavía estás a tiempo de dar marcha atrás. Tienes un sentido del deber exagerado, la verdad es que yo no lo entiendo. Vas a salir perdiendo…

—Yo simplemente hago las cosas a mi manera. —Osada le dio unos golpecitos en el hombro a Hatanaka, que empezaba ya a dar muestras de ebriedad, y miró a Kōko por primera vez en mucho tiempo. Al verla, su sonrisa se tensó.

—Claro que sí. Entonces… si quieres le propongo yo matrimonio en tu nombre. Aunque…, pensándolo bien, me resulta un tanto extraño, teniendo en cuenta que ya le propuse matrimonio en su día.

—¿Matrimonio? —susurró Kōko con una voz que había perdido toda su fuerza.

Sus ojos cayeron, rendidos, sobre la mesa. Las carcajadas de Hatanaka retumbaban en el aire con esa jocosidad que tenía siempre cuando estaba de buen humor. Una vez, unas cuantas amas de casa de su mismo edificio se habían reunido en el apartamento donde ellos vivían juntos. Él les estaba enseñando algún baile de salón, y ellas, avergonzadas, arrastraban los pies de un lado a otro con el cuello encogido. Hatanaka les dedicó atención y paciencia a cada una de ellas mientras soltaba unas carcajadas que resonaban por todo el piso. Cuando se fueron, Hatanaka atrajo a Kōko hacia él y le susurró: «¿Y se dicen mujeres? ¡Pero si parecen un saco de patatas!».

—No te lo esperabas, ¿verdad? Pero no es una sorpresa desagradable, así que no pasa nada. Con él estarás en buenas manos, y estoy seguro de que también se entenderá bien con Kayako. No vas a encontrar a ningún hombre tan bueno como él… Pero podrías mostrarte un poco más contenta, ¿no? No vayas a defraudarlo…

—¡Ya está bien! ¿Puedes callarte un poco? —Osada levantó la voz, irritado.

Justo en ese momento Kōko se levantó empujando la silla con estrépito. Se había puesto de pie sin querer. Sabía que tenía que decir algo rápido, pero sentía que se ahogaba y respirar ya le suponía un esfuerzo sobrehumano. Su campo de visión se tornó borroso.

—¿Tienes que ir al baño?

Era la voz de Hatanaka. Kōko negó con la cabeza y murmuró con cierta prisa:

—Estáis muy equivocados.

—¿Qué dices? A ver, de momento siéntate, por favor —le dijo Osada tocándole la mano suavemente. Kōko sacudió la mano con violencia y apartó los dedos calientes y húmedos de Osada.

—Quizá, si me hubierais hecho esta misma propuesta el año pasado, la habría aceptado encantada y agradecida, incluso habría dado brincos de alegría —dijo con la mirada puesta en la luz que reflejaban la botella de cerveza y el vaso sobre la mesa—. Pero ahora... no. Las cosas han cambiado. Osada, quiero disculparme por todas las molestias que te he causado. En realidad yo venía aquí esta noche para pedirte perdón. Pero a estas alturas..., no os hagáis ilusiones. ¿Jugar a ser amigos íntimos? Ni hablar. Yo me voy ya. Vosotros dos podéis seguir hablando, tan amigos.

Kōko se alejó con pasos temblorosos.

Oyó que Hatanaka la llamaba, pero siguió caminando sin darse la vuelta. A continuación le llegó la voz de Osada y sintió que alguien le tiraba del brazo.

—¡Pero cálmate un poco! ¡Qué mal genio!

Kōko intentó con todas sus fuerzas sacudirse de encima la mano con la que Osada aferraba su brazo, y que volvía a atraparla una y otra vez, insistente. Por fin logró liberarse con un golpe de bolso y continuó su camino.

Al cabo de unos segundos volvió a oír la voz de Osada.

—¿Hasta cuándo piensas seguir haciéndote la dura? Deja de intentarlo, ya te hemos descubierto.

Kōko avanzó con la mirada fija en la puerta acristalada del restaurante, chocándose a su paso con comensales, camareros, mesas y sillas. ¡Cuánto se arrepentía de haber acudido a la cita tan desarmada! No voy a permitir que vuelva a ocurrir, se dijo a sí misma, cansada e iracunda, sin ceder al impulso de girarse por última vez.

En cuanto salió a la calle, un gemido se abrió paso por su garganta. Un agua tibia manó de sus ojos. Miró a un lado y a otro de la calle iluminada por neones y lámparas de mercurio y se puso a caminar a toda prisa hacia la derecha. Las lágrimas atravesaron sus mejillas unas tres veces, como gotas de sudor en pleno verano. Ni Osada ni Hatanaka la seguían ya. A Hatanaka lo tendría que volver a ver en algún momento, dado que era el padre de Kayako, pero qué le iba a hacer, tampoco tenía intención de vivir escondida.

Llegó a una calle llena de bares y vio a un niño de unos cinco o seis años disparando con una metralleta de juguete. Kōko detuvo sus pasos por primera vez desde que había salido del restaurante y observó al niño. Le resultó extraño que alguien tan pequeño estuviera en una zona tan animada. Le pareció que hacía mucho que no veía a un niño. Cuando el pequeño apretó el gatillo se encendió el interior de la metralleta y emitió un sonido ligero: ta-ta-ta-ta-ta. El niño apuntaba a las cosas que tenía cerca, un cubo de basura, un poste de luz, y disparaba. Antes de cada disparo preparaba cuidadosamente su posición. Tenía los ojos y las orejas grandes.

Finalmente, después de andar buscando su siguiente objetivo, la boca de la metralleta terminó por apuntar a Kōko. El niño dudó un instante, pero enseguida se colocó en posición de ataque y empezó a disparar. Ta-ta-ta-ta-ta. Era un sonido agradable.

—Ay…, me has dado…

Kōko retorció su cuerpo con dramatismo y se dejó caer sobre el asfalto.

La metralleta dejó de sonar. Kōko abrió ligeramente los ojos para espiar al niño: estaba de pie mirando el cuerpo de Kōko con la boca abierta y la metralleta colgando torpemente de su mano. Kōko hizo lo posible por contener la risa y mantenerse inmóvil. Al cabo de un rato el niño se le acercó despacio y le empujó la espalda con la punta de la metralleta. Kōko continuó haciéndose la muerta. El niño le levantó el brazo, desparramado sobre el suelo como el resto del cuerpo, y lo soltó un segundo después. Kōko siguió con su teatro.

El niño abrazó su metralleta y se acuclilló junto a Kōko.

—Qué raro…, se supone que la gente no se muere de verdad… Pero… no es culpa mía. Esta se ha muerto sola… Nunca se había muerto nadie con esto…

Los hombros de Kōko empezaron a temblar.

—Ja, ja, ja, ja, ja.

Kōko dejó escapar una carcajada desde el fondo de su garganta y se incorporó poco a poco. Estiró los brazos hacia el niño y lo atrajo con fuerza hacia su pecho.

—Ja, ja, ja, ja. Es i-nú-til que te re-sis-tas. He ve-ni-do a bus-car-te des-de u-na ga-la-xia le-ja-na. Te ne-ce-si-ta-mos. ¡Rín-de-te, ni-ño te-rrí-co-la!

Al principio el niño se quedó quieto y confundido, pero enseguida empezó a expresar un terror que Kōko no había imaginado y trató de desenmarañar su pequeño cuerpo del de ella sacudiendo la cabeza, los brazos y las piernas. Kōko apretó la mandíbula y opuso resistencia a la fuerza del niño, que era ahora pura violencia y se retorcía a un lado y a otro con todas sus fuerzas. Pese a ello, el niño no hizo ningún intento por gritar y pedir ayuda.

No parecía el tipo de niño que pide ayuda a los adultos cuando le duele algo o tiene miedo, y a Kōko le enterneció. No quería soltarlo, pero ya no sabía cómo salir de esa sin que el niño echara a correr espantado. Solo quería perder la noción del tiempo y seguir jugando con él como si ella también fuera una niña.

De pronto el niño dejó de sacudir los brazos y las piernas y se quedó quieto.

—Vale… Hago lo que tú digas, pero por favor… No me hagas daño… Porque me estás haciendo mucho daño.

Kōko sonrió y aflojó los brazos. En ese instante el niño se escabulló con la rapidez de un ratoncito, emitiendo un sonido que no era ni un gemido ni un llanto, y desapareció al fondo de la calle.

Por un momento Kōko se sintió incapaz de moverse, paralizada ante la velocidad del niño. «Ojalá se haya creído de verdad que yo era un extraterrestre», pensó. En ese caso, el niño crecería con el recuerdo de haberse encontrado con un extraterrestre de verdad disfrazado de terrícola. Aunque, al final, seguramente acabaría creyendo que todo había sido un sueño.

Fuera como fuera, Kōko quiso terminar lo que había empezado y continuar con su juego.

Tomó una bocanada de aire. Con los ojos puestos en los coloridos carteles de los bares sacó dos antenas largas y plateadas de su cabeza y emitió unas señales en forma de ondas. Pero el niño no apareció por ninguna parte. Kōko estaba haciendo todo eso para él. Se había convertido en un extraterrestre para él y ahora hacía vibrar sus antenas delicadamente para él.

—E-res un tram-po-so. A-sí que e-res de e-sos ni-ños que no cum-plen sus pro-me-sas. E-so es de co-bar-des. Es-toy

muy tris-te por-que ya no te voy a ver más. So-lo que-rí-a
que nos lo pa-sá-ra-mos bien jun-tos. Me voy a mi pla-ne-ta.
¿Me re-ci-bes? ¿Me re-ci-bes? ¿Me re-ci-bes?…

Kōko detuvo el movimiento de sus antenas, cerró los ojos
y escuchó con atención. El niño no respondió. Abrió los
ojos, se dio la vuelta y caminó hacia la avenida. El semáforo
estaba en rojo y había una fila de bicicletas esperando para
cruzar. Innumerables faros traseros teñían el aire de escarlata.

Kōko avanzó por la acera enrojecida frotándose los ojos.

FIN

Nota de la autora

❧

El lugar de nacimiento de
El hijo predilecto

El hijo predilecto fue mi segunda novela, y recuerdo que me costó mucho escribirla.

A menudo una primera novela se escribe como resultado de un impulso inicial y suele escapar a una crítica severa precisamente porque se trata de la primera novela. Es en la segunda novela donde realmente se revela el verdadero talento del escritor, y también por ello es juzgada con más dureza. Es el punto de inflexión que determina si alguien será «un escritor de verdad» o no, me decían una y otra vez los editores. Yo me dejé convencer, y por eso afronté esta segunda obra con muchísimo miedo.

Escribí mi primera novela a los veinticinco años con la fuerza de ese impulso inicial y al dictado de las palabras que me venían a la mente. No pensaba para nada en la crítica. Después de eso me divorcié y mi vida dio un giro radical.

Me convertí en madre soltera. Entonces la idea de ganarme la vida escribiendo se convirtió en una obligación urgente. Si esta segunda novela resultaba ser mala, me vería obligada a abandonar la pluma para siempre. Pero cuanto más me presionaba a mí misma, peor funcionaba mi cabeza. Después de darle muchas vueltas, al final me decidí, azuzada por mis editores, a escribir sobre lo que significa el embarazo para una mujer.

Yo misma había vivido una gestación y había sido madre en la vida real, pero cuando miré atrás e intenté recordarme a mí misma encinta, me di cuenta de que casi todas mis percepciones del momento estaban distorsionadas, y eso me pareció espeluznante. Por fortuna, una vez que nació el bebé y lo tuve en mis brazos se esfumaron todos esos temores. Pero ¿y si el bebé nunca llegaba a nacer, no porque la gestación fuera interrumpida, sino porque el embarazo fuera psicológico, como a veces ocurre? Incluso en casos así, el embarazo es real para quien lo experimenta. Con esto en mente me puse a investigar los síntomas del embarazo psicológico en revistas especializadas en ginecología, y ahí es donde descubrí hasta qué punto es compleja y misteriosa la conexión entre la mente y el cuerpo humano. Ya tenía el germen de mi nueva novela. Yo pensaba que un embarazo psicológico sería consecuencia de un fuerte deseo por quedarse embarazada, pero, al parecer, en la mayoría de los casos se debe a lo contrario: es el temor al embarazo lo que lo provoca.

Así es como mi segunda novela fue tomando forma. Ideé al personaje y sus circunstancias. Decidí que la protagonista sería una mujer de treinta y seis años. Si quise que fuera mucho mayor que yo fue porque necesitaba un personaje para quien el embarazo todavía ocurriera de forma natural pero que viniera con una carga social y lleno de incertidumbres;

que supusiera una encrucijada entre el parto y el aborto. Fue en ese momento cuando decidí que la protagonista sería una mujer de treinta y muchos años que había tenido una hija de joven, se había divorciado y ahora era madre soltera. También quería que la hija de la protagonista tuviera edad suficiente como para juzgar a su madre, y por eso tiene doce años. Y quise que las dos vivieran una situación económica inestable: supuse que una mujer emancipada no tendría tanto miedo a quedarse embarazada.

La persona que escribe estas líneas tiene ya bastantes más años que la protagonista. Visto desde ahora, cuando releo *El hijo predilecto* me doy cuenta de lo mayor que me parecía entonces una mujer de treinta y seis años y no puedo evitar sonreír. Pero no era solo cosa mía. En aquella época, una mujer de esa edad era considerada socialmente demasiado mayor para el amor. Han pasado veinte años y la situación de la mujer ha cambiado considerablemente. Hoy en día no es tan raro que una mujer de más de cuarenta dé a luz, y en general las personas se casan cada vez más tarde.

Esta novela, que concebí en su día como la historia de una mujer de mediana edad con sus amoríos y su miedo a quedarse embarazada, fue más leída de lo que yo esperaba y, por fortuna, recibió incluso premios de literatura femenina. Gracias a ella no tuve que abandonar la escritura, pero cuando quise darme cuenta el libro había cobrado vida propia y se estaba convirtiendo, a mi pesar, en el estandarte de la «crítica al divorcio», conmigo en la cima. Pero también las circunstancias en torno al divorcio han cambiado mucho desde entonces. En aquella época no había ninguna ventaja para la mujer divorciada. Era, de hecho, un estigma. También recuerdo lo mucho que me sorprendió que los lectores y las lectoras reaccionaran de forma tan distinta a la novela. El lector masculino consideraba que la protagonista era demasiado dura con los hombres, mientras que las lectoras empatizaron totalmente con ella. Me pregunto qué opinarán las generaciones más jóvenes.

Cada época viene con sus cambios sociales. Pero, en buena medida, también creo que algunas realidades de la mujer permanecen inalteradas. Sean cuales sean los tiempos y el contexto social, las separaciones son siempre dolorosas, las relaciones amorosas son siempre difíciles para la mujer con hijos, y los embarazos plantean siempre las mismas dudas. Quizá la función de una novela sea observar qué aspectos cambian y cuáles no. Esa fue también una de las enseñanzas que me trajo escribir este libro.

Índice

∾

YUKO TSUSHIMA

Territorio de luz

Traducción de Tana Ōshima

«No hay entre las páginas de esta bellísima novela resquicio de
sombra pese a la aspereza de lo narrado. Desde el comienzo
hasta el final, irradia cantidades tiernas y brutales de luz.»

—*La Razón*

www.impedimenta.es

Biblioteca japonesa
en Impedimenta

∿

Hiroko Oyamada

Agujero

Traducción de Tana Ōshima

«Hiroko Oyamada reviste su escritura con un aura
de realismo mágico que sobrevuela la novela de
manera inquietante e incluso sombría.»
—Adrián Cordellat, *El País*

www.impedimenta.es

NATSUME SŌSEKI

Kokoro

Traducción de Yoko Ogihara y Fernando Cordobés

«*Kokoro* es un libro memorable, una pequeña
maravilla, la obra cumbre del autor, que se mete en
las entrañas del tiempo que le toca vivir.»

—Alfons Cervera, *Revista Turia*

www.impedimenta.es

BIBLIOTECA JAPONESA
EN IMPEDIMENTA

∽

NATSUME SŌSEKI

Botchan

Traducción de José Pazó Espinosa

«Natsume Sōseki es, sin lugar a dudas,
el escritor japonés al que yo más admiro.»

—Haruki Murakami

www.impedimenta.es